ドイツのアルバム

アクセル・ハッケ 著

髙島 浩 訳

SANSHUSHA

ドイツのアルバム　目次

まえがき

ドイツについてのアルバムを作る、というのが私のねらいだった。中身は写真と長短さまざまの物語である。ときにはほんのひとつの文章とか画像、ときには少し長いもの、等々。アルバム作りはどの家族もやっている。子供たちや老人たちの写真を撮り、ちょっと何か書きそえる。

のちになってひとつひとつ眺め、笑い、驚き、感動して言うのだ。「昔はこうだったね。もうみんな忘れていたよ」と。

この企ては、始めるときは全く他意のないものなのだが、やっていくうちに、われわれを形作っているものはいったい何なのか、どうして今のようになったのか、われわれを結びつけているものは何か、引き裂いているものは何なのか、といった疑問に答えるようすがとなってくるようだ。

実際、自分の国をひとつの家族として観察することは、おそらく大変有効な方法だろうと思う。その大家族の一員として生まれてきたのがわれわれの運命であって、何か別の運命の方がよかった、などと思っても詮ないことだ。その家族とは、これぐらいがちょうどいいと思っている以上に親密に、将来とも結ばれているだろう。これまではその人たちを避けてきたのに、今度はまたその近くにいようとする。自分を理解するために彼らを理解したいのだ。

私は考えた。まずドイツをめぐる旅に出かける。世の中のあらゆる繰り言や、「メディア」のすさまじい喧噪や、人づてに聞いた人生経験を捨て去り、人々をじかに訪ね、その毎日を眺め、話を集めること。偶然に身を任せながら。

とにかく見ること。歩き回ること。

今までもそうしてきた。何度もこの国を旅してきた。いくつかは記憶に残り、それを書き残す。そうした記憶が集まってアルバムになるのだ。

次はドイツという国が自分の前に立ち現れるように仕掛ける。つまり書物、新聞、グラフ誌、公文書などに掲載の絵画や写真を渉猟し、その中から何かの感懐や思想を呼び起こすもの、場合によっては一編の物語や立言の種になるものを見つけ出すのだ。

スタートしたらあちこちくまなく見て回る。ひたすら何かを探すのではなく、あれやこれやと動き回るのはよいことだ。楽しみでもある。ジグソーパズルのように多くのパーツを集めて自分の国の像を新しく組み立てる。誰でもやっていることだ。それは全く主観的なことなのだが、それには普遍的なこと、要するに国全体が隠されているのだ。

ただし、これは決して完璧なものではない。すべては感情の赴くままに任されている。システマティックなものではない。私の国へのひとつの旅のアルバムであって、まあそれ以上のものではない。かと言ってそれ以下のものでもない。

私はドイツ人

私が生まれたのは戦争が終わってから十一年後だが、まだあちこちに傷跡が残っていた。私は森の中にいくつか残っていた丸い池のあたりで蛙をつかまえて遊んでいた。こうした池はイギリスの爆撃機の爆弾投下によって出来たもので、漏斗状をしていた。聞いたところによると、爆撃機は都市部で投下し残した爆弾を持って帰らず、森のあたりでまき散らしたのだ。

私は街道の反対側にある手狭なバラック住宅群に両親と住んでいる友だちと遊んでいた。その一帯は、難民と東欧での抑留生活が長かった引き揚げ者たちの集落だった。

土曜の昼十二時にはよくサイレンの試験警報が鳴った。それは全く時間厳守で轟いたが、「空襲警報」と「警報解除」との違いを教えられた。なぜそんなことを知らなければならないのか、と不思議だった。私も戦争を経験しろというのか。

夕方になると両親は繰り返し空襲や抑留生活の話をした。そして叔父が一人。彼は兵隊になる年になっておらず、「勤労奉仕」をさせられただけだったが、そのせいか一族の中で一番陽気で屈託がなかった。あるとき空襲のあと道路に馬が一頭死んでおり、そこに肉屋がやって来て馬の頭を切り落とし、道路上で解体して肉の部分を大きな弧を描いて車に放り上げるんだ、などという話をしていた。

父はご多分にもれず戦傷者だった。そして私は父にもう一人の弟がいたと聞かされていた。彼はパン焼き職人の徒弟から兵隊になり、抑留から帰ったときにはものを碌に食べられなくなっていた。「いくら食べても戻してしまった」そうである。そして故郷の町の病院で亡くなった。ハンス叔父。わが家の壁の写真の叔父は生き続けている。彼は祖母の不安の種にもなった。一番年上の孫である私が、ハンス叔父の二の舞で餓死したら大変だというわけである。バカげた心配であるが、祖母を訪ねたときはいつも何かを食べさせられた。食事の直後に行っても有無を言わせなかった。反抗すると本当にショックだったようである。

学校で、ドイツではユダヤ人が迫害され、殺されたこと、戦争はすべてドイツから始まったこと、二度目は一度目から僅か十年そこそこしかあとでなかったこと、などを学んだ。私がユダヤ人に会ったのは大人になってからだ。父は家で何かにせかされたときなど、「ユダヤ的性急さ」[*1]を呪っていた。それ以上何事もなかったかのように。「ユダヤ的」という言葉を、今になってもこんな手軽に使うだけですむかのように。

＊1　keine jüdische Hast「そんなにあわてるな」という慣用表現。

私はだんだん自分の国に不信感を抱くようになった。両親がこうしたすべての犯罪になんらかの面で加担したのだ、という思いは決して消えなかった。両親もはっきりと説明できなかった。私は決して両親を理解しようとはしなかった。

私は、私を両親とこの国に結びつけるものを求めなかった。断ち切るものを探した。私はいやいやドイツ人になったのだ。フランス人の方がましだと思った。

別の国の人たちは自分の国に愛着を持っている。また国は人々に安心感と親近感と、思わず知らずのうちに連帯感をはぐくんでいる。こうしたことをドイツで跡づけることは困難だった。いや、不可能だった。

それは昨今でもいろいろな結果を生んでいる。

「ドイッチュ[*2]」、この言葉の響きは決してよくない。

この本のために、多くの写真家に「ドイツ」という言葉に結びつく写真の提供を依頼したが、美しいものはほとんど来なかった。いつものおきまりのもの、庭の陶製の小人形、過剰な交通標識、不格好な居間、画一的な住宅団地等々。

「ドイッチュ」という言葉は軽蔑の意味で使われる。しばらく前、私はあるスウェーデン家具の店に行った。こういう店は半分はドイツものという場合が多い。私はレジの列にいた。列は何本も並んでいた。突然私の前の婦人が列を替え、二、三歩横の亭主の列に加わった。二人は分かれて別の列に立ち、少しでも早い方を確保したのだ。(ドイツ人は世の

＊2　deutsch は形容詞で、ドイツ的、ドイツの、ドイツ風の、ドイツ語、という意味のほかにドイツ人を意味する。

中で自分の席を取れるかといつも不安なのだ。また他人に何か持っていかれないかと恐れている。朝食前にあちこちのプールサイドの居場所をハンカチで確保するのもドイツ人だ。奇妙な光景である。）

私の前からいきなり隣の列に加わった婦人を見て、私の後ろの男がつぶやいた。「あれがドイツ風なんだ。よくないね」。

あれは「ドイツ的だ」「ヒジョオオオニドイツ的だ」「きわめてドイツ的だ」と軽蔑するのもドイツ人である。ドイツ的なものを蔑むこと自体、大変ドイツ的なのである。ドイツ人はいつもちょっと自分から離れ、意見を述べ、あれも嫌い、これも嫌いと言うのだ。

先頃イタリアの産業省のステファニ次官は、ドイツ人を暇さえあればどんちゃん騒ぎに明け暮れる「金髪国民」と罵倒した（この次官が観光行政の責任者でもあるというのも妙な話だ）。それは国全体の名誉を著しく傷つけるものとして、ドイツ人をかなり激昂させたのはご存じのとおりだ。とくにその少し前、イタリアの首相がヨーロッパ議会のドイツ人議員をナチの親衛隊の下士官呼ばわりしたこともあった。結局ドイツの首相[*3]はイタリアでの夏の休暇をキャンセルし、ステファニは辞任した。

この非常識な次官に対するドイツ人の反応は注目に値する。私が友人たちに聞いて回ったところ、二種類の反応があった。第一は、この男は次官職を追われてしかるべきであり、ドイツの首相がイタリアに行かなかったのはよかった、「ものには限度というものがある」というもの。第二は、「他聞ははばかるけれども」この次官の言うとおりだ、ドイツ人は

＊3 原著は社民党のシュレーダー首相を指すが、二〇〇五年九月の連邦議会総選挙の結果社民党が第一党の座を失い、キリスト教民主社会同盟（CDU、CSU）との「大連立」が成立し、同党首のメルケル氏が首相となった。

外国でとんでもない振舞いをする、「リミニ[*4]でなりとどこでなりと、連中を見たらよい」というものであった。

これもまたドイツ人なのだ。常に自国民サイドと同時に反対のサイドにも立つのである。彼が「ドイツ的」と考えることはすべて好まない。しかしそれでも当然に彼はドイツ人なのである。

ドイツ的とは何か。この問いについて学者たちは週末を返上して知恵を絞ることもできよう。それは私にも分かる。なぜ絶え間もなくドイツ的とは何かが問われるのか。それが分からないからだ。この問いは初めて現代のわれわれに問われたのではない。何世紀にもわたっての問いであった。バイエルン、ザクセン、プロイセン、ヴェストファーレンは彼ら全体をひとつの国家に統合するための何か共通のものを求めてきたし、今も求めている。[*5]彼らにも常にこの問いが突きつけられていたのである。

他人が何を考えているのかを、こんなに気にしている国はない。観察され、分析され、賞賛されることがこんなに好きな国はない。他人の判断をこんなにやすやすと取り入れる国はない。

ユーモアについてだが、たとえばイギリス人はよくドイツ人はユーモアに欠けていると言う。パロディ詩や漫画の分野でロリオ、ゲルンハルト、ヴェヒター、ベルンシュタイン

＊4　イタリア中部、アドリア海岸の古都、海水浴場としても賑わう。

＊5　一八一五年のウィーン会議後成立したドイツ連邦は大小三十九か国の寄り合い連邦であったが、その中でバイエルン、ザクセン、プロイセンは主要な王国（ヴェストファーレンはプロイセンの属州）であった。一八七一年にドイツ帝国が成立したが、長い歴史を通じてドイツの領邦国家的な性格は絶えることがなく、現在でも連邦各州の独立性は強く、地域差や気質の違いを無視できない。

やその一派[*6]よりも一日の長がある外国人を何人も挙げるかも知れない。だから多くのドイツ人は自分はいささか滑稽味が足りないと思っている。イギリス人が言っているからそうなのだ。

またドイツ人は自分がとりわけ正直で道義的だと思っているが、それはイタリア人がしょっちゅうそう言うからだ。そういうときには、フリック・スキャンダル[*7]やバイエルン・アミゴ事件[*8]やケルンの廃棄物裁判[*9]などがかすんでしまいそうな大汚職事件を、誰かが話題にしてくれたらと思うのだ。

さらに、ドイツ人は今もってとくに反ユダヤ主義に走りやすい国民だ、とフランス人が言うと、ドイツ人は自分自身が反ユダヤ主義という爆弾を抱えていると思い込むのだ。そのことに関して、フランス人の三分の一は反ユダヤ主義者のルペンを喜んで大統領にしたいと思っているのに、ドイツではホーマン議員とギュンツェル将軍は早々に職を退かされた、という事実[*10]を指摘してもよかろう。

もしドイツという国がひとりの人間であるなら、あなたの取り柄は何ですか、自分でどう思っているのですか、と聞きたい。あのイタリアの次官を単純に笑っていられないのではないか。おい、あの妙な馬鹿者は誰かね。海岸であんなやつがそばに来てほしくないね、などと平然と言っていられるだろうか。

いいや、平然というわけにはいかないだろう。わが愛するドイツがひとりの人間ならば、

＊6
ロリオはコメディアン、俳優、映画監督としても著名。ゲルンハルト、ヴェヒター、ベルンシュタインは、フランクフルトにて諷刺雑誌「パルドン（失礼）」の編集に携わる。またその他の人々とともに、「新フランクフルト学派」と呼ばれるカリカチュア漫画家集団を結成している。

＊7
フリック・コレクション(時価百七十億円と言われる美術品収集）をめぐる事件。先代がナチに協力した軍需産業家で強制労働によって多数の死者を出したことや、そのコレクションのベルリン市への貸与にからんで発生した事件。

＊8
アミゴとは政治と経済界の間の不正な関係を指す言葉。バイエルン州のトップ政治家が休暇旅行の費用を航空機メーカーに負担させた事件。

＊9
ケルンの廃棄物焼却施設をめぐる社民党議員の汚職事件。現在係争中。

そういう鉄面皮さをもっと勉強しなければなるまい。

他方ではドイツ人は、首相が夏の休暇でイタリアに行かなかったということで、騒ぎもそこまでと割り切った。首相が私的な面で旅行を取りやめたとは聞かされていない。首相はどのみち表向きはハノーファーにとどまるつもりだったのであり、単に口実を探していたのだ、というわけである。いつものやり方である。原則を大事にしながら裏では大変実利的なのだ。平静でいようと思えばちゃんとできるのだ。

まあまあこれらはすべて特別に注目すべきことではあるまい。本当に重視すべきことはドイツ人の分裂であり分断である。一方でこの国は他のすべての国と同様に常に正常であるべきなのに、歴史的にも今もそうではない。長い間分割され、今やっと徐々に一体化しつつある。お互いによそよそしいことがままある。

私はドイツ人である。八千二百万の人たちとともに。

これは逃げもかくれもできない。私は共通なものには全く関心がない。人間はそれぞれ個別なことが重要なのだ。共通なものはどうしても退屈であり、平均化、平準化、一視同仁である。誰かがアジアやアメリカやあちこち旅をして、帰ってきて「アジアの人たちは」とか「アメリカ人とは」と言うのを聞くと、あくびが出る。もう結構だ。

ところが彼が、ちょっと聞いてくれ、ある日本人に会ったんだが、その男の話をしよう、

＊10
二〇〇三年のドイツ統一記念日にCDU＝キリスト教民主同盟のホーマン議員がユダヤ人排斥の演説を行い、国防上の要職にあったギュンツェル将軍がそれを賞賛したというもの。

と言ったとすると、私は膝を乗り出し、聞き耳を立てるのだ。

オーストリアの名優ヴァルター・シュミディンガーのインタビューを読んだことがあるが、そこであなたはご自分のどういう点が最大の才能だと思いますか、と聞かれ、答えている。「私の最大の才能は感嘆することができるということです。人間の愛の力、孤独、絶望、困窮、希望、狂気。人間はどのように生活や仕事を乗り切り、耐え抜いているのか、何をやり遂げるのか、何を作り、何を望み、何につまづくのか。私はたえずこれらのことに感嘆しているのです」。

感動的な発言ではないか。

ところで彼はドイツとはどのようなかかわりがあるのか。

私の場合はどうかと言うと、私は四十八年間ドイツ人だった。ほとんど常にドイツ人と暮らしてきた。ドイツ語以上にうまくしゃべれる言葉はない。山、海、荒れ地、湿原、湖、川がある。私が愛していると躊躇せずに言える風景がある。魅力のある言語とその方言のバリエーションがある。たとえばバイエルン言葉での前置詞、auffe、umme、obe、hintre、füre などの絶妙な小単語の使用について話し合うなど、理屈抜きで素晴らしいことで、大好きである。また私はリルケや私のひいき筋のフライリヒラート（一八九頁の脚注参照）の詩など、ドイツ語の響きが好きである。ぜひ本書一八八頁の詩をご覧願いたい。

しかし本当に大事なのは言葉ではなく、何か別のことだ。私がシュミディンガーの言う人間の愛の力、孤独、絶望、困窮、希望、狂気を最もよく理解できる国、あれこれのしがらみを実感として納得し、それにうまく対処できる国、物事の結末をよく見通せる国はドイツ以外にない。この世界でひとりの人間を駆り立て、脅すものは何か、彼は何を愛するのか、彼の見かけをなすものは何か、奥底を動かしているものは何か、彼の心を開き、閉ざすものは何か。こうしたことに最大限に共感できる国はドイツ以外にない。

私はこういうことをイタリアやフランスやアメリカを対象にして試みることができるかも知れないが、やはり本当のところはドイツでしかできないだろう。各国に共通なものを見出したとすれば、それは個別のものを浮き彫りにするための、いわば前提なのだ。

私はドイツ人である、と言うとき、そのことが重要なのである。

役所の風景

―父の思い出―

机、椅子、スタンプ、ファイル、バインダー、パンチ、ホチキス、プリーツカーテン、蛍光灯だらけの天井、幾何学模様の柄のセーターを着た職員たち。

この写真は連邦雇用庁で撮られたものだが、私はこれをドイツに関する写真の束で見つけた。私はこの写真を何週間もそばに置いて、繰り返し眺め、なぜそうするのかを自問自答していた。

この写真を見ると、私の父とのあるシーンを思い出すのである。

私たちは自宅のテーブルについていた。食事が終わり、母は台所に行き、食卓は片づけられたが、塩壺、胡椒挽き、砂糖壺、爪楊枝立て、それと何かの都合でカードボックスとボールペンがまだ卓上にあった。父が年老いるにつれて気にしていることを私たちは話し合っていた。前の家を売ったあと住んでいる今の住居のこと、働きの悪い管理人のこと、住宅団地の住民でもないのに団地の駐車場や駐車禁止のスペースさえも平気で利用する不届き

な隣人のこと。

父は話しながら食卓の上のものを手で並べるのだった。塩壺、胡椒挽き、砂糖壺、爪楊枝立てを一列に並べた。その前に一隊の兵士たちを率いる下士官のようにカードボックスを置き、その後ろに横向きにボールペンを配した。そしてゆっくりと手を休めた。

父は私に、最近越したばかりのよその町でうまくやっているか、ガールフレンドは出来たか、幸せか、などとは一切聞かなかった。私はそのことが腹立たしかった。父はこれまで私にこういう類のことを尋ねたことはなく、いつも物事の表面的なことしか話さなかった。私は腹立ちまぎれにゆっくりと塩壺を隊列からはずし、胡椒挽きを逆立ちにし、砂糖壺の蓋を横におき、カードにボールペンでいたずら書きをした。

父の手がすぐに動いた。塩壺を隊列に戻し、胡椒挽きを元どおりに立て、砂糖壺の蓋を閉めた。父は自分の秩序を回復したのだ。

私は塩壺をもう一度はずす。父が戻す。話をしながらの争いだった。そして私はあきらめた。父を苦しめていることが分かった。それで終わった。

そんな具合だった。なぜだったのだろう。

父は一九二〇年生まれで十八歳で兵隊になり、そのまま終戦を迎えた。父は戦争で片目を失った。榴弾の破片が当たったのだ。のちにガラスの義眼を入れたのだが、毎晩それをはずして硼酸水のシャーレに浸け、浴室の鏡の前に置いた。夜浴室に入ると、いつも硼酸水の中で父の目がぎょろりと光っていた。昼間ソファーで眠るときでも閉じるのは健康な目だけで、ガラスの目の瞼は閉まらないのだ。だから、まどろむ父を起こすまいとそっとそばを通る私を、その目はじっと見つめるのだった。

父は脚にも戦争の傷跡があった。脚はがっしりしていたが、そこの皮膚はリンゴの腐った部分のように褐色にまた赤くただれており、肉色のゴムベルトを巻きつけていた。それは少しは苦痛をやわらげていた。父はよく「この脚め！」と呻いていた。痛むかどうかは気候次第だった。弾傷にシラミがわいたのだとのちに聞いた。だから治るということはないのだ。父はこの戦争の傷跡を死ぬまで抱えていた。それは文字どおり痛むこともあり、痛まないこともあった。子供のころの私は父の脚がどうなっているのか知らなかった。ただじめじめとして、革のようににぶく光る褐色の腐った皮膚が包帯に巻かれるのを眺めていた。

父はよく戦争の話をしたが、私は一生懸命に聞いたわけではない。兵隊の同志意識のこと、ぬかるみで大砲を曳く馬のこと、ロシアの寒さのこと。父は、何事かを語りたい、あるいは語らなければならない、といった語り口だったが、本当に問題なのは何か、ということにはあえて触れようとはしなかった。だからいつもまわりをぐるぐる回っていた。あるとき、私は二十代半ばだったが、父のとめどもない話の中で、いきなり、人を射ち殺すってどういうことか、どういう感情を持つのか、と聞いた。父は沈黙したあと言った。「もちろん戦争には美しくないものだってある」と。そして黙りこくった。私はそれ以上聞かなかった。

私は決して父の中に押し入ろうとはしなかった。そうしたらどうなるか、心配だったのだ。父はナチではなかった。彼の父親、私の祖父は社会民主党派で、戦後には入党して村長になった。父はいつも社民党に投票した。ヘルムート・シュミット[*1]の二つ年下で、彼を尊敬していた。一方ではヴィリー・ブラント[*2]も尊敬していたが。

父を沈黙させたものは何だったのか。私はそのときから数年後にレマルクの『西部戦線異状なし』を読んでやっと分かった。第一次大戦の折に若者たちが、殺す側として、殺される側として体験したあの恐怖についてである。私はさらに、この本に関するものをいくつか読んだ。たとえば戦場に行った者たちがレマルクに送った多くの手紙である。その手紙には、誰かがこの残虐行為を余すところなく書き記してくれたことによって、あの残虐行為について沈黙しているという、重荷から解放されたことが伝えられていた。レマルク自身、戦争の真実を書いたが決して全体ではなく、ある部分に過ぎないと言っている。全体などとても書けない、と。

父も同じだった。父の心の奥底には、われわれが聞いたことがない真実が埋め込まれていたのだ。多くの人たちもそうだった。私が育った町では、ほとんどすべての人が兵隊になり、兵隊は例外なく傷病を負った。私のまわりはすべて、五体満足ではない人たちだった。

＊1
ドイツ連邦共和国第五代首相（在任一九七四年〜八二年）。一九一八年ハンブルク生まれ。社会民主党所属。

＊2
ドイツ連邦共和国第四代首相（在任一九六九年〜七四年）。一九一三年リューベック生まれ。一九五七年〜六六年ベルリン市長。一九九二年没。社会民主党が出した最初の首相。

ある人は片手、ある人は片脚がなく、また別の人は禿げ頭に穴のようなものがあり、しみと皺だらけの皮膚で覆われていた。失明して黒眼鏡の人が三人近所にいた。その一人は毎朝息子にバス停まで送ってもらっていた。ふつうは父親が息子を送るのに、当時は反対だったのも異風景であった。もう一人の人は脚が不自由だった。彼は杖にすがっていたが、家にいるときは四六時中ブラインドを下ろした暗い部屋に閉じこもり、アマチュア無線に没頭していた。彼は世界と交信していた。自分の家族とではなく。

こうやって私が書き記している人たちの心には、戦争が呼び起こした激しい恐怖が根を下ろしており、彼らは毎日その恐怖を押さえつけ、閉じ込めていなければならなかった。彼らは自らが歩く牢獄となってこの恐怖を幽閉し、昼となく夜となく監視していたのだ。過去にあったこと、あったかも知れないことに対する恐怖であり、自分自身と自分自身の負い目に対する恐怖である。

父はこの恐怖を秩序によって鎮めた。ほどほどの役所の責任者だったが、所管するすべての事務、書類、手続きに精通して有名になった。毎晩「今日のニュース」の時報が鳴るとき、父は家中の時計を集め、ネジを巻くのだった。一つでも時計が足りないと不安になり、探し歩いた。家にいるのを好み、休暇に旅行することも稀だった。するとすれば遠くないところ、それも同じところだった。

何かとっさの決心をして物事をひっくり返すことなど、およそできなかった。ソファーに身を沈め、前方を見る。父にとっては、死ぬことよりも生きることの方が恐ろしかったのだ。

父はどこにいても、直ちに秩序を打ち立てなければならなかった。息子との食卓でも、どこでも父の秩序を、である。

感情のない人というわけではない。むしろ多感の人だった。ただ感情というものは孤立していず、関連している。ブイが海底の石につながれているように、愛も憎しみも恐怖につながっている。しかしそのことはあまり意識されない。父はかつて両親の金婚式のとき一席弁じたが、途中で涙にむせんで早々に切り上げた。心の中に凍結していたものに突き動かされたのだろう。

父の死後、われわれ子供たちが父の友人から聞いた話は驚きだった。戦前の父はどんな若者だったのかという話だ。誰とでも冗談を言い、クラブの楽隊を率い、一番先頭に立って行進し、指揮棒を振り、空に投げると日の光が棒の先の球に輝き、またそれを受け止めて……。

もう昔の話だ。そして秩序によって命を支える男が残った。多くの男たちもそうだったし、彼らは最後に自ら破壊したものを戦後になって立て直し始めた。彼らの生活感情の多くの部分がその子供たちに引き継がれ、生き続けている。その結果、こうした秩序のあり方がこの国を作る礎石になったのだ。社会保障、労働管理、社会的市場経済など、これまで好調に機能してきたが、これらの秩序はすべて、戦後、彼らの恐怖を封じ込めるものであったが故に、ドイツ人にとって座りがよかったのである。

他国においては歴史、憲法の理念、音楽、文学、芸術などが国民によりどころを提供しているかも知れないが、ドイツではそれに代わるものはシステムであり秩序なのだ。

その故にこそドイツでは現状維持が優先する。それは国のアイデンティティである。他国で年金保険制度、健康政策、福祉行政などを改革しようとすれば、各種の利害関係を調整しなければならないだろう。ドイツでも同じなのだが、ここでは前から引き継がれてきた大きな古い恐怖をどうするかの方がもっと問題なのだ。それはこの役所の写真から読み取れるかも知れないし、近年あまねく感じられている不安なのである。何かが変わらなければならないということに、人々は気がついているのだが。

マラシェフスキ　―二つのドイツのはざまで―

あるドイツ人の一生である。

ジークフリート・マラシェフスキは東プロイセン[*1]の出身である。自分が生まれたのはいつだったか、彼は知らない。一九四〇年か四一年だったはずだ。たぶん四〇年だろう。書類は戦争ですべて焼失したので記録が何も残っていないのだ。母親は彼が生まれたときに死んだ。父親は戦争に行き、捕虜となった。父親がジークフリートとその兄に再会したのは二十七年も経ってからで、そのときはヴィスマル[*2]の近くに住んでいて、別の女性を妻にしていた。ジークフリートは言う、「変わった人でしたね」。ただ、二人の息子、ジークフリートとその兄が父の前に立ったとき、父は即座に「お前たちだね」と言った。父は何年か前に、二人の息子はチフスで死んだと聞かされていた。死んだのは姉だけだった。

ジークフリートは一九四二年か四三年に、四、五歳年上の兄と二、三歳年上の姉と、東プロイセンから脱出しなければならなくなった。最初は隣家の人に家畜運搬用の貨車に乗せ

＊1
旧ドイツ帝国の最東部の州で、第二次大戦後にポーランドとソ連に分割された。

＊2
メクレンブルク・フォアポンメルン州、バルト海沿岸。

られ、のちには徒歩で、三人の幼い兄妹は西に向かう難民の長い隊列に加わった。「子供たちは隊列のかたわらを歩きました。そこらじゅう子供だらけでした。何千人もの子供でした」。ジークフリートはがらくたを詰めた小さなトランクを持っていて、それに細紐をかけ、紐の先を手首にしっかりと結んでいた。ひとりのロシア兵がそのトランク欲しさに紐を切った。そしてジークフリートは兄と姉からも引き離されてしまった。兄は離されながらも、お前はジークフリート・マラシェフスキという名前なんだよ、プロテスタントなんだよ、よく覚えておくんだよ、と大声で叫んでいた。

「私の人生航路はこうして始まったんです」と彼は言った。

われわれは彼の家の庭に腰を下ろした。彼の細君はお手製のアスピック[*3]をグラスにきれいに盛りつけ、ジャガイモを煮つけてくれた。それを食べてから細長い庭を歩き、マラシェフスキ家で育てている野菜や、家族で自ら造った小型のプールや、別棟にある、これも何年か前に自分で造ったサウナなどを見せてもらった。そのあと国境記念碑まで行った。これはほんの数百メートル先だったが、車を使った。彼はかなり以前からの病気で脚に水がたまっている。非常に強い薬を服用したために肝臓をやられたらしい。六週間病院住まいをしていて、月曜にはまた行かなければならないとのことだった。

国境記念碑は彼の一生とどうかかわっているのか。

彼は施設を転々として育った。全部で十二、三か所だったたか、すべて東ドイツ国内である。

＊3　煮こごり料理。

いい思い出は全くない。しょっちゅう殴打された。教育係はベルトを振り回した。施設を出たあと、ヘーテンスレーベン村の里親に預けられた。これはザクセン・アンハルト州の村で、当時は東ドイツ領だった。国境のすぐ近くで、反対側は西ドイツのニーダーザクセン州である。ここから西ドイツ領内のシェーニンゲンという町が見え、遠くにはハルツ山地*4が見えた。ハルツもドイツ自体同様、分割されていた。

里親一家は農業を営んでいたのでジークフリートもその手伝いをさせられた。朝は三時に起きて馬車の用意と菜種の刈り取りを手伝い、それから学校に行った。帰ると再び畑仕事。学校の休暇が明けると生徒はみんな楽しかった経験を作文に書いたが、彼は前の年に書いたことをもう一度書いた。彼には休暇がなく、やったことはいつも同じだった。

彼は機械工になり、ヘーテンスレーベン製作所で働いた。彼の妻は美容師だったが、のちには彼女も製作所に入り、早番、遅番、夜勤の三交代で働き、彼よりも収入は多かった。

二人はこの地で家と車とモペット*5を買い、子供をもうけた。

このヘーテンスレーベン村は今は世間から忘れ去られたように眠っているが、戦争直後は東から西へ、西から東への国境越えの中心地だった。最初はアウエという小川の橋を渡ったが、のちには川の浅瀬を徒歩で渡ったり、褐炭採掘場の坑道を通ったりして越境した。国境がまだ開いていたときには、国境を通過する軽便鉄道の停留所が村内にあった。毎朝、ニシンをバケツやリュックサックや袋や背嚢に詰めて北海から運んでくる連中で満員だっ

*4
ドイツ中央部にあり、ニーダーザクセン州とザクセン・アンハルト州にまたがる。最高峰はブロッケン山、標高一、一四二メートル。ハイネの「ハルツ紀行」が有名。

*5
小型オートバイ。

た。東に持ち込んで売るわけだ。それで「ニシン鉄道」と呼ばれた。そこらじゅうニシンの塩漬け水がしたたり、水溜まりを作った。魚の匂いでいっぱいだった。

ヘーテンスレーベン村の人たちの多くは西での仕事に往復していたが、それは一九五二年までだった。国境は閉鎖され、間もなく恐ろしい「立ち入り禁止地帯」が設けられ、そこに足を踏み入れる者は射殺された。国境の障壁はどんどん高くなり、防備施設はいっそう厳重になった。一九七四年に最後の逃亡者が脱出に成功したが、「それからは越境は自殺行為となりました」とジークフリートは言う。

彼や細君はどうだったのか。なぜ西に行かなかったのか。

彼は言う。「下のアウエ川の岸でいつも草を刈っていました。草刈り機を放っておいて川を歩いて渡ることはできたかも知れません。しかしその勇気がなかった。私は孤児として国中さすらったので、どこであれ里親を見つけたことは嬉しかった。とにかく飲み食いすることができたのです」。

細君は言う。「西に伯母が一人いました。彼女は未亡人で子供が六人、となれば私がそこへ行くわけにもね」。

国境の監視が厳しくなるにつれて、ヘーテンスレーベン村は東ドイツの特殊地帯として隔離されていった。この村の五キロ手前に第一の検問所（緑色の通過証が必要）が、五百メートル手前に第二の検問所（赤色の通過証が必要）が出来た。ジークフリートは黄色く褪せた赤の通過証を保存していたが、赤の通過証は他町村の人のためのものだった。ヘーテンスレーベン村民自身は身分証明書のスタンプを年に四回、村役場で更新させられた。

村役場では通過証が交付されたり、にべもなくはねつけられたりした。たとえばマラシェフスキ家が人を招待しようとすれば、六週間前に通過証の交付を申請しなければならなかった。交付されることもあればされないこともあった。

「渡すものは何もない」。役人がぶっきらぼうに言う。

「なぜもらえないんですか?」

「理由を言う必要はない」

そこで引き下がればよいのだが、もちろんマラシェフスキ家は通過証を交付されなくても、なんとか検問所をすり抜けて客人を村内に入れた。それは少なくとも何回かは可能だった。客の乗ってきた車を車庫に隠し、人民警察の幇助員たちの動きに注意しなければならなかった。彼らは赤い腕章をつけて村内をパトロールし、身分証明書の提示を求め、あらゆるものを見とがめた。

たとえば夜間、家庭菜園内に梯子を放置せず、収納しなければならない。逃亡者がそれを使って……当然であろう。

しかしそれでも住民が菜園に梯子を何脚も放置した場合には、朝になると全部鎖に繋がれて施錠されている。赤い腕章の仕業である。

ジークフリートは最近、元幇助員の一人に街角で会った。

「やあ、同志よ。巡回は終わったかい。さっき梯子はしまって鍵をかけたよ」

「その話はやめてくれ。どこかで話そうか」

「いいね。いろいろやましいこともあるんだろ。何でも話そうじゃないか」

ジークフリートはよくこの手を使う。ささやかな復讐だった。彼は、この連中が不快な過去を忘れないでほしいと思っている。

村の前任の党書記長はもう村にはおらず、国境の向こうのニーダーザクセン州のシェーニンゲンに住んでいる。この男にも会った。

「ハインツ、近頃見かけないけどどうしたんだい？」

「今はシェーニンゲンに住んでいる」

「なんだって？　西に逃げたのか」。沈黙。

「私は相変わらずヘーテンスレーベンだよ」と彼は言い、立ち去った。

彼は東ドイツ内で二度逮捕された。一度は村から出るとき身分証明書を忘れた。帰ってきたときの検問所の係官は顔見知りだった。

「身分証明書を見せなさい」

「おいおい、私のこと知ってるじゃないか」

「証明書を見せなさい」

というわけで逮捕され、翌朝の三時まで警察に拘置された。

二度目は夜、モペットを道路に放置した。これも禁止事項だったので拘禁された。

クリスマスの時期にはベトナム人が彼の家に宿泊させられた。東ドイツで働くベトナム人は皆いい人たちだった。のちになって彼らは故郷から手紙を書いてよこした。ジークフリートは黒い書類カバンから何通かを探し出して見せてくれた。一九八〇年のフー・バン・トゥーさんからのにはこう書いてあった。「ときどき東ドイツのことを思い出します。泣けてきます。お国はいい国でした。私にとって素晴らしい国、親切な人たちの国でした」。

下のアウエ川沿いに数百メートルにわたって、東ドイツが住民を閉じ込めた施設が残っている。監視防壁、警戒ゾーン、信号隔壁、パトロール犬ゾーン、監視及び射撃領域、人命を奪った立ち入り禁止地帯、移動用防御柵、境界壁、中立地帯。そして国境記念碑。これらはすべて協会が管理しており、ジークフリートはその副会長である。

われわれは古い監視塔に登った。彼は詳しく説明してくれた。塔の内側にある梯子は誰も利用できないようにがっちり溶接されていること、大型のゴミ容器は誰も中に隠れたりできないように衛兵が施錠したこと、国境の障壁は、宣伝によれば西のファシストの侵入を阻止するためのものだったが、障壁のナットは東からの逃亡者を食い止めるべく西側から締められていたこと、等々。

彼は隅々まで知っていた。村のはずれに監視防壁があったために、本来の壁が見られずにいたが、やっと一九八九年になって本格的な、非常に堅固に建てられた壁を目にすることができたという。「全く鈍感だったね」と彼は言った。

われわれは人命を奪った立ち入り禁止地帯を見た。突然彼は涙を浮かべた。彼はここでしばしば若者たちのガイドを務めている。「しょっちゅう涙が出て顔を隠してしまいます。あそこで兎のように殺された人たち。目と鼻の先で」。彼の声は大きくなった。「若い連中に世の中素晴らしいとは言えないね。どうしても言えない」。

ジークフリート・マラシェフスキとはこんな男だった。われわれは半日一緒に過ごした。土曜日だった。月曜には彼はまた病院に行った。「なんとか治るよ。だんだんコツを覚えてきたし」と彼は言っていた。

しかしなんとかならなかった。彼は死んだ。

ひとりのドイツ人の一生だった。

ある愛

ある夫婦に登場してもらってドイツ人の愛の物語を書く。彼らの愛はこの国とこの時代だからこそ成り立った。

私がラーマー夫妻、マリアとフランツを訪れたのは一九九五年だった。彼らはヴォルフラーツハウゼン[*1]の町はずれの棟割住宅のひとつに住んでいた。それは六十年も経った代物だったが、二人ほど年を経ていなかった。マリアは七十四歳、フランツはちょうど七十二歳だった。彼女は満月のように慈悲深い大きな顔をした、物静かで落ち着いた、ふくよかな女性だった。彼は体重六十キロぐらいの小男で、やつれた印象で、そわそわしているが大変芯が強そうだった。彼女は数十年来、同時に四か所の清掃請負先を持っていたが、今でも一か所残っていた。彼はずっと建設現場の臨時工として働いてきたが、夕方にはテレビで政治番組を見る教養人でもあった。十二年前に年金生活者になった。

話はさかのぼる。マリア・ポンペルとフランツ・ラーマーは一九五〇年に知り合った。

＊1　バイエルン州、ミュンヘン南方。

三月十五日で、聖ヨセフの日[*2]である。それはテーゲルン湖畔[*3]のダンスパーティーだった。マリアは二人の女性の友だちとテーブルに座っており、フランツはすぐ隣で戦争帰り仲間のペピ、ヴァルター、エルンストと一緒だった。しかし踊ったのはフランツだけで、しかも相手はマリアの友だちだった。マリアにとってフランツは好みのタイプだったので、いささかがっかりして座っていた。「素敵な若者だったわね」と彼女は言う。「黄色のシャツと茶色の革のジャケット、シルバーグレーに縁取られたカフス、それに茶色の靴」。

ほんとに一目惚れでしたと彼女はにこやかにつけ加える。彼にそのことを尋ねると何かぶつぶつ言って間が悪そうである。とにかく彼は彼女に踊りを申し込み、最後は三キロ歩いて家まで送った。

翌日は一緒に映画を見に行き、十か月後に結婚した。

こうしてわれわれの物語が始まる。堅固で安定した夫婦の物語である。二人の絆は五十年以上長続きし、娘三人、孫五人、曾孫一人に恵まれた。平凡な話なのだが、何か考えさせられるものがあるのだ。

話の本当の始まりはいつなのか。ある愛の軌跡を理解しようと思えば、まずは二人がまだ知り合う前のころの話を双方から聞くべきだろう。戦争前の数年間、二人が育った村はどちらも現在のチェコ領で、互いに二百九十キロ離れていた。

彼の故郷はヴァイラー・ニーダーアルベン村で、現在はドルミ・アルベリチェといい、ク

＊2　家族の守り神、すべての教会の守護聖人としての聖ヨセフの記念日。

＊3　ミュンヘン南方、オーストリア国境に近い景勝地。

ルコノシェ山脈[*4]のトゥルトノブに近い。彼女はストリブロの近くの村の出身で、ピルゼンの西にあたる。[*5]戦争がなかったら二人は知り合うことはなかっただろう。

フランツ・ラーマーの父親は小規模な農業を営んでおり、かたわら馬二頭を使って材木を運んでいた。その村は結婚話はまだ親が仕切っていた。そしてあまり裕福ではない家の娘とつきあう若者は軽く見られていた。フランツにはイルマという女友だちがいた。彼に兵役がなければ、その娘と結婚しただろうとのこと。その方がよかったかと聞けば、彼は、自分の人生はよい方に進んでいった、それに満足しており、ほかのことは考えない、と答えるだろう。

彼は第二十三歩兵師団第三大隊第十一中隊に入隊した。軍事郵便用部隊番号二七三九四Dであった。今でも全部暗誦できるのだ。一九四四年にフィンランド、ついでロシアの捕虜となった。彼はその時期のことを何時間も話してくれた。声を荒らげ、あちこちしながら。ときどき理解できないこともあった。話の中に「ナチャルニク」とか「ハラショー」とかいう言葉が、話の大海に点々と浮かぶ島々のように飛び出した。砲弾の轟きや、彼の軍帽に刺さって頭蓋を掠めた榴弾の破片の話もあった。

全く、どんな環境に置かれても満足を求める人間の強い意志というものは計り知れないものである。彼によれば、捕虜時代も最悪とは言えなかったという。「ロシア人は真っ当でした。食べ物が足りないときは彼らも我慢し、十分なときは捕虜にも回してくれました」。

＊4　チェコとポーランド国境地帯。
＊5　ドイツとの国境に近い。

彼は抑留から解放されてテーゲルン湖畔に住む伯母のところに落ち着いた。一九四九年三月だった。持ち物と言えば帰還兵用のトランク、「わが板紙カバン」に詰めた粗末な衣類だけだった。このトランクは今でも持っていて、電気器具などを入れているが、ひところは娘たちの人形入れだった。チェコ領にあった彼の故郷のドイツ人は皆追放されていたので、本来なら帰るべき家はないはずだったが、彼の家族はいくつかの偶然が重なってその追放を免れて、そこにとどまっていた。しかし彼が両親と故郷の村で再会したのはやっと一九六四年、父の死ぬ一年前だった。そのときは結婚しており、末の娘を連れての帰郷となった。

マリア・ポンペルは一九二一年に七人兄妹の末娘として生まれた。戦争中はある大農のところで常雇いだった。彼女は年回りが悪かったという。若い娘のころ、村には男がいなかった。少なくとも彼女にとってはそうだった。いても若すぎたし、ほかは戦争に行っていた。その農家で働いていた白系ロシア人やポーランド人の捕虜にじっと見とれたりすることは、母が許さなかった。人と知り合う機会となる音楽やダンスもなかった。

母は追放の前に「無熱性肺炎」で死んだ。彼女は病床の母の最期の数分間のことを話してくれた。「母は、男が四人やって来る、私の入る穴を掘っている、と叫ぶんです」。母は目を見開き、鼻の穴をふくらませ、頬は落ち込んでいた。「私は母を揺すって、お母さん、私をひとりにしないで、と叫びました」。

その場にいた隣家の女の人が「あんたは死んでいく人の邪魔をしてるのよ」と言った。それが最期だった。

戦争が終わると、ポンペル一家は家畜用の貨車に乗って、行き先は誰も分からないまま無一物で故郷を去らなければならなかった。彼らはいろいろなものを長持に入れて、森のはずれに埋めて隠した。その後その隠し物に再会することはなかった。いや、一度はあった。戦争直後のあるとき、中部フランケン地方[*6]の村に住んでいた彼女の姉が洋裁店でお茶を飲んでいると、ひとりの女性が服地を持って入ってきた。それは、信じられないことだが、その姉の嫁入り支度用の布地だった。その女性の亭主のドイツ人はポンペル一家と同郷だったのだが、その男が長持を掘り返して盗んだのだった。そのほかのものは取り戻せなかった。食料と交換したのだろう。

「私たちはチェコ人から隠したのに、同じドイツ人に持って行かれてしまいました」

戦争がしでかしたことは今でも毎日、場所を変えて続いているのだ。戦争は二つの家族から故郷を奪った。彼らは難破した船から放り出されて、必死に海岸に泳ぎ着くしかなかった。戦争は彼らに人生の課題を突きつけた。生得の、農民らしいたゆまない力と根気をもって、再び両足でしっかりと立てる土地を確保し、住処を作るという課題である。

マリアは父と兄妹たちと最初はミースバッハ[*7]に、ついでテーゲルンゼーに落ち着いた。彼女はある十三人家族の家政婦となり、朝六時から夕方の六時まで時給四十六ペニヒで、

＊6 バイエルン州の北部。

＊7 テーゲルンゼーのやや北。

調理、パン焼き、掃除、洗濯など一生懸命働いた。あるときセールスマンと知り合った。彼はある日、別の女に彼の子供を産ませたらどう思うか、と聞いた。彼女はそんなこと、へとも思わないと言った。それで終わった。フランツは今でもこの話になると声を荒らげ、神経質になる。そして彼女はただの一回だがフランツに嘘を言ったことで、困惑している。

というのは彼女がフランツと知り合いになり、例の男の話をし、「すべてはとうの昔に終わったことよ」と言ったときに、フランツは、彼が訪ねて来たときはどこに泊まったのかと聞いた。彼女は旅館と答えたのだが、仲違いしていた彼女の姉が、その男はマリアのところに泊まったことを彼にこっそり告げたのだ。「なんということだ！」と彼は怒った。

その嘘よりもさらに彼が腹を立てたことがあった。彼女がかつて占い師に見てもらったところ、未来の夫はまだ抑留されているが、いずれ二人で幸福な家庭を築き、子供も三人恵まれるとのお告げだったのだ。ということは、彼女はフランツが来ることを知っていながら、彼を待ってはいなかったということになる。

二人が結婚したとき、マリアはすでに一児を宿しており、そのことを牧師に告白した。フランツは牧師にふしだらを犯したのだねと聞かれて、きっぱり「違います」と答えた。彼女は牧師も当惑したと思った。「だって私が別の男との子供を作ったと考えざるを得ないでしょう」。フランツは結婚の申し込みということは全くしなかった。必要なかった、と彼女は言う。「どのみちはっきりしていました。そうでなければあんなに最初から尽くしてくれないでしょう」。

二人の絆には一種の堅固さのようなものが常にある。それは二人の気質が対照的なことによるのだろうか。彼は心配性で、絶えず話をし、超神経質。彼女は落ち着き払った人柄で、静かに甲斐甲斐しく働く。ときどき、二人が話し合っているときに二人の眼差を見ると、相手についての関心が決して弱まっていないこと、一方が片方を落胆させたりしなかったこと、を読み取ることができる。

二人は十分な金もなかったが、結婚式は盛りだくさんだった。彼女は二百三十マルクはたいてシルバーグレーの衣裳を着た。それを古着屋に引き取らせたのは最近である。マリアの父はアコーディオンを弾いた。料理はローストポーク、ローストビーフ、ザウアークラウト[*8]、クネーデル[*9]などだった。菓子店主の甥が大きなトルテを四個焼いてくれたが、これは百八十マルクの月賦払いとなった。長女が生まれたときマリアは職から退いたが、ランプのシェード作りの内職を始め、またバラの花輪作りを三百個七・六マルクで請け負ったりした。これは三日間座り詰めだった。

フランツは臨時工として建設現場での仕事を始めた。彼は職業教育を受けておらず、今となっては遅すぎた。一生涯こつこつと働いた。朝から夕方遅くまでは会社の仕事をし、夕食後は個人の施主のところで、土曜日は上役の個人住宅にも行った。当時はクレーンはまだほとんど普及していなかったので、モルタルや煉瓦は背中にかついで梯子で高いとこ

＊8　発酵させた塩漬けキャベツ。
＊9　小麦粉・つぶしたジャガイモをだんごに丸めてゆでたもの。

ろまで登っていった。一九五七年に、マリアの姉たちと甥と子供たちは連れ立って七台のモペットを駆って、テーゲルンゼーからヴォルフラーツハウゼンに行った。そこで棟割住宅が入手可能だった。ラーマー夫妻とマリアの姉がそれぞれ一軒ずつ、一万五千マルクで買った。不足分は借入をした。フランツは仕事を辞めるわけにはいかなかった。「いつも借金のことが頭にあってね。これ以上はごめんだね」。

苛酷な労働が彼の体をむしばんだ。ときどき疲労のために倒れた。たとえば一九七三年のこと、夫婦で親類を訪ね、夕方タバコを買いに出たとき、家のすぐそばの自動販売機のところで意識を失って倒れ込んだ。路上で意識を取り戻すと玄関の階段をはい上がり、扉をドンドン叩き、中に入るとすぐに嘔吐した。数日後に帰宅し、ようやく女医のところに行くと、循環虚脱[*10]と診断された。十年後には胃に潰瘍が二つ出来て、七十五キロの体重が十五キロ減り、小さい孫ほども食べられなくなった。彼は仕事の際には腹を立てることが多すぎた。ほかの連中の道具の扱いがだらしないのが我慢できなかった。彼は仕事が終わった晩などに道具を磨き、修理をし、整理した。じっとしていられない性分なのだ。

「休みなさいよ」と妻はよく言う。「でもあの人はいつもなんか見つけるの」。

すると彼は「なんかあるんだからしょうがないよ」と大声で答えるのだ。

働きすぎて体をすり減らしていった。州の保険庁に年金の申請に行ったとき、そこの女医に「疲れ切っているわね」と言われた。数年前に心筋梗塞に襲われた。みんなでボーリ

＊10　急激な血液循環障害のため陥るショック状態。

ングをしていたとき、突然、俺はやめる、と言って家に帰り、玄関の前の階段に顔面蒼白で座り込んだ。ついてきたマリアが「バカなまねはよしてよ」と言ったとたん、倒れてしまった。幸いなことに家主の家の二階で赤十字のダンスパーティーをやっていたので、その縁で入院した。毎日子供たちが見舞いに行き、午後二時から七時まではマリアが付き添った。

私は今、愛の物語を書いているのだが、この夫妻の愛についてはすべてがいわば即物的で醒めた傾向がうかがえるのは何故だろう。マリアは夫を「父さん」と呼び、フランツは妻を「母さん」と呼ぶ。こういう関係は、世代を異にする若い人たちが考えるような愛情とはちょっと違う。若者はこのような愛の物語を疑いと、ひょっとしたら不快感をもって、しかしまた一種の憧憬をもって読むだろう。二人が「父さん」「母さん」と呼び合っていたとしても、それはどちらかが尻に敷かれるとか、われわれがみんな軽蔑する長年の夫婦生活の結果の相互無関心ということではなく、むしろ長きにわたって必要な相互信頼関係のように聞こえるのだ。

おそらく、長い年月の間には愛にかわって、あるいは愛と並んで、何かが生まれるのだろう。同志愛か、確固たる連帯感か。しかしなぜ同志愛や連帯感が生まれるのか。そこに愛があるからか。あるいは自分自身のために他者が必要なのか。その他者なしには自分の目標を達成することができないということか。その目標とは、自分の本来の居場所、世の中での自分の役割を指し示してくれる居場所、不安を取り除いてくれる居場所を確保することだろう。だから、自分と同じ目的を持っている人を見つけることが大事なのだろう。この目標を為し遂げるためにどういう手段を用い、どういう経路をたどるかについて、志を同じくする人を、である。この物語での愛とはいったい何か。それは何か別のことが始まる火花か。あるいはすべてのものを育てる大地なのか。

これまで二人が離れることはほとんどなかったが、フランツは心筋梗塞を起こしたあと、バート・キッシンゲン[*11]で四週間療養生活をした。マリアは「療養生活によって夫婦の関係がおかしくなることが多い」ということを前から聞かされていた、と言う。彼女が知っているだけでも三件あるそうだ。たとえば娘の亭主の父親は折り紙付きの堅物なのだが、こんなことがあった。あるとき湯治場の遊歩公園のベンチに腰かけ、腕を背もたれに伸ばしていたところ、二人の女性がやって来て、その一人が彼の隣に、腕に抱えられるように座った。別の女性がそれを写真に撮り、彼の妻のところに送ってきた。なぜか。「バカげたいたずらか、下卑た根性か、その人たちに旦那さんがいないからか、私は知らないけど」。

フランツは毎日家に電話をした。電話ボックスがふさがっているときには、受付係の電話を借りた。マリアがいないときには娘と話した。マリアは心配だった。「ちょっと嫉妬心もあった」。彼はと言えば無邪気に冷静に言う。「ねえ、俺がお前から離れたところで、どんな女性と一緒になるか分かったものじゃないよ。たぶん有り金残らずせびられるだろうな」。

＊11　バイエルン州北部の国際的保養地、湯治場。フランクフルトからも近い。

もし彼がいつか彼女を裏切ったら？「ぶっとばしてやるわ」。彼女は言う。

長女はある日、夫から別れ話を持ちかけられた。夫が別の女性と関係していることは知っていた。長女は妹に、車を飛ばして死にたいと告げた。マリアは妹からそのことを聞いて、すぐに長女のところに行った。「あんまり母さんに恥をかかせないで。悲しませないで。いつでも帰っておいで」と言った。長女は出戻ってきた。マリアは我が子のようにかわいがっていた婿を恨んだ。十三年後、孫の結婚式のときに彼が来たので、マリアは、昔のことはもういいわ、と言って、彼のダンスの誘いを受けた。フランツの七十歳の誕生日のときにはコニャックを一本届けてくれた。それで仲直りとなったが、コニャックは大事に手つかずとなった。「こんな高いもの、飲めないわ」とマリアは言う。

長女は再婚し、ほかの一族と同様に近所に住んでいる。ラーマー一家は生い立ちの村から離れて、大家族にとっての新しい故郷を築いた。ほとんど毎日のようにお互いに顔を合わせ、何かというと集まってお祝いごとをしている。そういうときには厨房を模様替えして、二十四人が一度に和気あいあいと食べたり飲んだりしている。マリアはほっておけば家族の話に明け暮れた。彼女はこの一族にとって大事な日付、たとえば誕生日や結婚式はもちろんのこと、彼女の姉が死んだ時刻まで覚えている。五月二十八日の十六時五十分、一族に看取られて息を引き取った時刻を。大家族の一員であれば、助けが必要なときには決して放っておかれない。そのことは全く心配ない。

フランツは毎日カレンダーにその日の出来事を書き込んでいる。たとえば三年前のクリスマスツリーは窓の近くかドアの近くか、どちらにあったかマリアと言い争ったりするときなど、彼は机に走って行って置かれたカレンダーを見て、自分が正しければそれ見たことか、と得意になり、間違っていればやっぱりそうか、とがっかりして戻ってくる。争いはちょいちょいある。性格が反対だからお互いにいらいらさせられる。彼は騒がしいんだから、と彼女は言う。「あんたが吼えると森の鹿がびっくりしてるわ」。そういうとき彼はたいてい地下の仕事場に行って薪割りをする。最初に運転免許の試験に落ちたときにもそうしたそうである。地下から出てくればすっかり忘れる。しかしマリアの方はそうやすやすとは妥協する気はないとのこと。

私はあるとき二人に、お互いにどういう点が最大の長所だと思っているか尋ねてみた。彼女いわく。「彼はすべてをうまくまとめるのよ」。彼いわく。「彼女もだよ」。そういうことなのだ。

愛とは何か。もう少し話を続けよう。この二人の生涯を通しての愛は、結婚希望広告のお決まりの理想の愛と同じなのだろうか。何でもやってのけるスーパー人間を求めるのが愛なのか、巷に氾濫する失恋映画の愛とどう違うのか。多くの若者はこの二人の物語には違和感を持つに違いない。二人を結びつけた抜き差しならぬ事情など、若い人にとってはどうでもいいことだろう。彼らは、夢をはぐくみその実現を勝ち取るための物質的土台を大事にしている。これはいい点も多々ある。大家族と一緒に暮らす必要はない。好きな人間とだけ毎日を共有するのも大きな自由だ。しかし一方、夢の実現のため懸命になりながら、他人との間での軋轢や欲求不満や絶望のことばかり口にしている人も結構いるのではないか。ラーマー夫妻はお互いに愛し合い、しかも一定の距離を置くことを知っており、とりわけ生きていくことに過大な期待をしていないので、ささやかな幸福を着々と手にしている。夢ばかり大きくても、小さな幸福さえさっぱり実現できない人もいる。

世の中には結婚せずにただ同棲だけしている連中もいるが、このことをどう思うか、二人に聞いてみた。

彼女「私はいやです。確実なことが何もありませんもの。好き勝手なときに出入り自由なんて」

彼「自分が始めたことはちゃんと続けなきゃ」

彼女「私たちは無一文で始めました。今持っているものは、全部一緒に作り出したものばかり。自分の住処までね」

彼「もう墓まで手に入れたよ。そのときになって子供たちがあわてて探したりしなくてすむように」

彼女「もう行き先は分かっています」

ちょっと間をおいて言い足した。「今は満足しています。もうちょっと健康だったら言うことないわ」。

彼「私も満足しているよ。車もちゃんと走るし」

二〇〇一年九月、フランツは心臓衰弱で死んだ。ちょうど金婚式のあとだった。一族の面々は彼がかつて、甥が死んで埋葬のときに言った言葉を思い出した。そのとき墓堀人が土石を乱暴に墓穴に放り込んでいた。彼は、自分が死んだときにはごろごろした石には注意してくれと警告した。「美しい新しい棺」に傷をつけないようにと。

一族はその警告に従った。

今日もマリアは、墓地に眠るフランツに会いに行く。

ドイツの男たちと海

ドイツの男たちは、夏になるとエアマットをノルデルネイ[*1]やジルト[*1]の海に曳いて行く。そこで波に揉まれながら、浮いて棒立ちになろうとするエアマットを押さえつけて方向を定め、その上に横たわって腕で水を掻き、船出しようと試みる。私はこの季節、新聞を開くと、エアマットの上でのどがからからに乾いて疲労困憊した孤独なドイツ人男性が、ヴァンゲローゲ[*1]とヘルゴラント[*1]の間のどこかで見つかった、男は漕ぎ出したものの、どこという行き先はなかった模様、などという記事を探すのだ。潮の満ち引きの力は圧倒的で抵抗できないから、海水浴客はあまり遠くの沖に出ないように、という警告が繰り返し出されているが、効果はないようだ。

毎夏、こういうことが起きる。専門家の記憶によれば、ある男は北海の公海上で続けて三回も発見された。いつも単独でエアマットの上で。彼は陸に連れ戻されるや否や、またも海の魔力に吸い込まれるように乗り出して行ったそうである。

*1 いずれもドイツ領北海諸島の観光地・海水浴場。巻末地図参照。後出のアムルム、フェールも同じ。

その男は確かボーフムから来ていたと思う。

そしてエアマットで出かけるのは必ず男性であって、女性は決して登場しない。

ドイツの男たちと海。これはひとつの謎だ。それを解いてみよう。

まず、男たちは海岸に来る。そこから始めよう。海岸は陸地を背に海に向かって立つ場所だ。私は夏、何度もこの陸から海への通過ゾーンでの男たちを観察してきたが、彼らは不可思議なエネルギーに満ちあふれているのだ。静かに砂浜に横たわるかわりに、彼らは休みなく行動する。盛り砂の城を築き、貝をバケツで曳きずって運び、バレーボールをし、いや、早速バレーボールリーグを結成し、凧を揚げ、ビデオを回す。いっときも休まず。私がヴァンゲローゲで会ったダッハウ出身の郵政次官のように海岸の強風の中でテントを張ったりもする。

強風で飛ばされませんか。

「六十センチの砂杭があれば大丈夫」と彼は、はあはあ言いながら海に向かって行った。彼は桃色の子供入浴用の温度計を紐に取りつけて海に投げ入れ、水温を計り、表に書き込む。三週間の休暇中、毎日正午に。彼は毎年ヴァンゲローゲに来たので、ヴァンゲローゲ海水浴場の水温の掲載された手引き書を作ることができた。のちになって、寒いときにダッハウやその他の地でそれを眺めているのだろう。彼がこの世に別れを告げるとき、水温の上がり下がりの記録を見ながら、夏の休暇の日々の総決算をするのだろう。それは人生の

寒い日と暖かい日の記録かも知れない。

男たちは明けても暮れても海岸での過ごし方を工夫している。ある男は日焼けブースを愛用して体を褐色に焦がしていたが、なんと三十分おきに手を突き出してスプレー缶を取り、アイロンをかけるときのようにサンオイルをスプレーで体に吹きつけている。

「毎朝、きっかり七時に海に入り、きっかり八時にパン屋に行くんだ」と誇らしげに言う男もいる。目を閉じれば、将軍たちがサーベルを抜刀して波打ち際に突進していく情景が浮かぶ。目の前には海だけが、背後には世の一切合切がある。波乗りは男たちにとっては人生の戦いである。波が最高になったときに身を投げる。海底に引きずり込まれたくないがそうはいかない。もう一度浮かび上がる。しばらくは波に身を任す。波に逆らって前進また前進。でもどこへ？

ただじっと横たわっているのも捨てたものではない。盛り砂の城も造らない、スプレー缶も登場させない、水温は脚の親指の感覚で分かればよい。黙って海を眺めているのがいい。背後の俗世が途絶え、海岸の管理事務所が大変親切なのを喜ぶのもよい。水平線の彼方の船が、永遠に回転している鎖につながれているように、現れては消えていく。縁日の射的場の的の猪が回っているように、船は左手に現れ、ゆっくり右に進み、そこで姿を隠し、水中で左に引き戻され、もう一度浮上する。平行する別の鎖の助けによって、すべてが反対方向に、右から左へと動いていく。管理事務所がこの光景を演出しているのだ。そのおかげで何かが起きて、われわれの視線があてもなく海原をさまよわずに、焦点が定まるのだ。海岸の保養滞在税はそのために納めるのであって、海岸の清掃費を賄うためではないのだ。

目を閉じて、こんなことを想像することもできようか。小さなボートに乗ってアムルムからフェールに向かって海を行く。そこへエアマットに乗った男がやって来る。やはりペンションの朝食のとき隣にいた彼だ。彼は早速、世界の医薬品市場の某分野の現状についての、朝の話の続きを始める。彼が連邦保健省批判の自分の長話に酔っている間に、エアマットの底の三つの栓をこっそり引き抜く。彼は海中で泡をぶくぶく出しながら、今度は鯖を相手に各種の頭痛薬の市場占有率を語り続ける。

私は世界市場の急成長などどうでもいいから、自然のままに任せたいのだ。

われわれはドイツの海岸を、使途無限定の巨大なエネルギーが自然に集積する空間と考える必要がある。テントを張り、サーフィンを楽しみ、定刻に海に入る男たちは、水分六十パーセント、鉱物質五パーセント、その他脂肪、タンパク質などから組成されている人間である。向こうの海は九十八パーセントが水分で、その他はあらゆる種類の塩分と魚類と難破船だ。海は一メートルの幅の、一メートルの高さの波で四十八キロワットのエネルギーを生み出し、無意味に陸に叩きつけている。ジルトの西海岸だけで、一年間にハンブルク電力会社の年間供給電力の三分の一が浪費されている。海岸にやって来る男は、このとてつもないエネルギーの宝庫に圧倒される。彼は海岸へ来るやいなや、行動しなければならない。ひとりで、小さなシャベルとバケツを使って海から砂浜への運河を造り、少なくとも若干のエネルギーを盛り砂の城に供給し、キロワットやメガワットの重圧から解放されなければならない。

ところで、なぜ男性だけで女性はいないのか。

私はある日（それは一九九〇年八月とされている）の午後のアムルム島を思い出す。大砂丘を目の前に控えたクニープサント海岸で、最高の満潮の時点で突然数百人の男たちが、あたかもハンカチを一振りするという秘密の指令に応えるように、海岸の篭椅子から飛び出してきて、エアマットやゴムボートを引っ張り出す。持っていない者は大急ぎで村に行って最後の一つを買う。そしてエアポンプのホースをエアタンクの口に差し込み、あるいは自分の口をそこに押しあて、空気を吸い込み、吐き出す。海岸一帯で数百人が一斉に喘ぐようなものである。空気をためておけるものはすべて、はち切れるようになる。

そして男たちは海へと急ぐ。たいていは無言だが、中には「泳ぎたかったのになあ」とぶつぶつ言う者や、タバコを持ってくるんだったと言う者もいる。女たちは砂浜に怠惰に横たわり、読みさしの本からつかのま物憂げに目を上げたり、子供のために冷却サックに入れてきた果物を探したりしている。男たちはエアマットやゴム救命ボートを波に投げ込み、自分もあとからついて行く。押し寄せる水量と戦い、激浪を克服しながら、蛙のように激しく腕を動かして漕ぎ、海岸監視員の警笛を無視して、遊泳区域を示す赤い風船を越えて行く。そして命を落とすことを恐れないレミング*2の巨大な隊列がいったんは消え去りながら、最後には逆流する満潮によって運び戻されるように、海からドイツの湾に帰り着く。岸から遠く離れた海原で救い出された者は僅かだった。彼らは彼らの行為の動機についてては何も言えなかったが、陸に戻り、黙って直ちにもう一度エアマットを調達して、海に引き返そうとした。最後には彼らは直接的な強制によって、集団でドルトムント、カッセル、フライジングなどの内陸の地に移され、そこで今日にいたるまで市民的職業に専念している。当時の彼らを駆り立てたものが何だったのか、彼らは頑なに語らない。彼らが見たいわく言い難い何ものかが、彼らの口を閉ざしているのだろうか。

「ハンス・カストルプはかつてジルト島の逆まく波うちぎわに、白ズボン姿で、安心して、優美に、敬虔な気持で、おそろしい牙《きば》の見える大きい口を深淵のようにひらいてあくびをするライオンの檻《おり》のまえに立つように立ったことがあった。それから海で泳いだが、監視人は角笛《つのぶえ》をふき鳴らして、むこうみずに岸ちかくの波を乗りきって遠くへ泳ぎでようとする人々、もしくは、打ち寄せる荒波の近くに近づきすぎる人々に、危険を警告していた。急湍《きゅうたん》のような大波の最後の砕け波にうなじをたたかれてさえ、ライオンの前足でたたかれるようであった。」

これはトーマス・マンという男が書いた。正確に言えば『魔の山』の中でのハンス・カス

*2
タビネズミ。スカンジナビア半島山岳地帯に棲息。高地と低地の間を季節移動し、三、四年ごとの大増殖のときは集団で移動して海中に飛び込み、溺れ死ぬまで泳ぎ続けるという説がある。

トルプについての一節である。[*3] 彼はすでにその何年か前に日記に「猛獣のような波」と「私が年中なつかしく思い出すであろう、前足の一撃のように砕ける波」について書いている。われわれが男たちを飲み尽くす海について知っていれば、この一節を読めば当然ながらトーマス・マンの同性愛傾向を窺うことができよう。マンにとってかくも脅迫的で悪意に満ちていて、しかも激しい海は、いったい男性なのか女性なのか。

海の神々はいつも女性で豊かな白い胸を持っているのではないのか。神々は髪を梳り、踊り、唄って人間を深淵に引きずり込むのか。

深淵に引きずり込む？　ああ、泡立つ海面が鈍く光る北の荒海よ。

「海のことを考えるばあい、老人はいつもラ・マルということばを思いうかべた。それは、愛情をこめて海を呼ぶときに、この地方の人々が口にするスペイン語だった。海を愛するものも、ときにはそれを悪しざまにののしることもある。が、そのときすら、海が女性であるという感じはかれらの語調から失われたためしがない。もっとも、若い漁師たちのあるもの、釣綱につける浮きのかわりにブイを使ったり、鮫の肝臓で大もうけをした金でモーターボートを買いこんだりする連中は、海をエル・マルというふうに男性あつかいしている。かれらにとって、海は闘争の相手であり、仕事場であり、あるいは敵でさえあった。しかし、老人はいつも海を女性と考えていた。それは大きな恵みを、ときには与え、ときにはお預けにするなにものかだ。たとえ荒々しくふるまい、禍いをも

＊3　関泰祐・望月市恵訳、岩波文庫版、下二二八頁による。

たらすことがあったにしても、それは海みずからどうにもしようのないことじゃないか。月が海を支配しているんだ、それが人間の女たちを支配するように。老人はそう考えている。」

これを書いたのも男である。ヘミングウェイである。[*4]

月は海と、潮の干満と、女性と、女性の眠りと生理を支配している。海は女性の本性を象徴している。海は大きな恵みを与えることができるが、またそれを拒否し、荒々しく悪意に満ちたことを為すこともできる。海は地表のほぼ四分の三を占めている。今まではそうだった、と言わなければならない。というのは海面の水位は上昇しつつあるからである。同時に女性優位の千年紀が始まった。これは今まで注目されなかった驚くべき符合である。

海岸に立つドイツの男たち。濃霧の中でアウトバーンを男っぽく暴走する危険は容易に察知している。しかし海岸に立つ男たちは自分が向かおうとしている危険をもはや認識できない。彼らの危険察知の本能は、命を守る最低水準にはるかに達していない。つまり彼らは、海では何百メガワットの女性のエネルギーが彼らを支配していることに気がついていない。男たちは凧を揚げ、盛り砂の城を造り、ゴムボートを漕ぎ出し、自分がクラウス・シュテルテベーカー[*5]になった気でいるが、現実はそれをひっひっと嘲笑うかのごとく、潮のように満ち引きしている哄笑が海に響いているのだ。

そのことを私は言っておきたかった。この国のすべての男たちに、エアマットを操って女

＊4 『老人と海』福田恆存訳、新潮文庫版二九頁以下。

＊5 十四世紀に北海やバルト海に出没した義侠的な海賊。

性の本性を探ったりしないよう、警告したかった。少なくとも一度は警告しておきたかった。

マリエンボルン

―国境とは何か―

マリエンボルンに行く気になり、歩いて行った。ヘルムシュテット[*1]から二、三時間の距離である。私は国境の大きな柵の西側のこの地域で育った。子供のころ、ときどき日曜になると父は、頑丈な靴を履いて車に乗りなさいと言い、国境近くまで連れて行ってくれた。ホルンブルク[*1]、イェルックスハイム[*1]、シェーニンゲン[*1]あるいはヘルムシュテットまで車で、そこからは歩いた。立ち止まると父は国境監視塔やハルプケ褐炭工場の煙突を指さして「あそこはもう東だ」と言った。

われわれ子供のひとりがオフレーベン褐炭工場の煙突を指して「あれも東なの」と聞くと、「いや、あれはまだ西だ」と答えていた。

それからコーヒーを飲みに行った。

マリエンボルンがひとつの村だということを、私は知らなかった。ベルリンのチェックポイント・チャーリーを別にすれば、ドイツで一番有名な国境通過地点の名前だと思って

＊1 ヘルムシュテット、ホルンブルク、イェルックスハイム、シェーニンゲンはいずれも旧国境付近の旧西側の地名。ヘルムシュテットは六八頁参照。シェーニンゲンは二八頁に既出。

いた。東に行くには、このマリエンボルンで国境越えのアウトバーンに入るために何時間ものろのろと漏斗状の進入ランプを降りて行き、ホースで放射されるように東に向けてはじき出されるのである。そしてパスポートにスタンプをもらうのを待ちながら、国民の人事書類が処理されていく長い、念入りに作られたベルトコンベアを眺めていると、間もなく先の国境通過がひどく単調であっけないように思えてくるのだ。あるいは、じめじめと黴臭く、冬は刺すように寒い列車の車室で待っている。その列車はパリ・ワルシャワ間だが、われわれはパリでもワルシャワでもなく、ブラウンシュヴァイク[*2]かせいぜいシャルロッテンブルク[*3]に行くだけなのだ。制服の係官がパスポートを子細に吟味する。彼らの態度は横柄きわまるが、胸に吊した折り畳み式の板が笑止千万である。いつでも一局戦うためのミューレ盤[*4]かと思ったら、単なるスタンプの下敷きだった。

　このマリエンボルンは大変重要な場所であった。ここでの処理のスピードによって世界政治の情勢が察知できた。早く通してくれたときは、新しい通過許可証協定の締結が近いらしいとか、または東ドイツが無利子の当座貸越枠の拡大をすでに申請した、などという背景があることが分かった。車のトランクの検査でいやがらせをされると、ケネディのせいで機嫌を損ねたフルシチョフ[*5]が、強くなりすぎたザクセン訛りを正すため、現場のブリキ小屋まで自分で電話をかけてきたのだ、などと邪推したものだ。「わが方の[*6]」国境の番小屋では警官が怠惰にぼんやりと日を過ごしていて、そこの看板に「異常なことはすべて

＊2　ニーダーザクセン州、国境から約三十キロの中都市、著者の生地。

＊3　ベルリン西部。

＊4　西洋連珠。

＊5　一九五三年から六四年までソヴィエト共産党中央委員会第一書記。スターリン批判を行い平和共存外交を進めたが、東欧諸国の自由化要求には厳しい態度で臨んだ。六二年キューバ危機ではケネディ率いるアメリカに譲歩を余儀なくされる。

＊6　西側の。

報告せよ」とあるだけだった。

ときどきその異常なことが起きたが、われわれには直接関係はなかった。あとから新聞で知るのだった。たとえばマリエンボルンで、東ドイツを通ってベルリンに行く米軍の輸送部隊が国境の歩哨によって足止めされ、頭を垂れ、憤怒を抑え、しかしどうしようもなく歩いていた、まるでサーカスの猛獣が檻から格子付きの通路を通って演技場に行くようだった、などという記事である。

別の例として、あるとき米兵の輸送トラックが四十一時間五分足止めされた。それは一九六三年のことで、その件に関してマリエンボルンに来た命令は、すべてワシントンとモスクワ直々のものだった。事態は以下のとおりだった。西側同盟国の輸送部隊がベルリンに向かうときは、マリエンボルンで車両と兵員の数及び積載物種類を記入した書類を提出した。そうすれば赤軍は記載内容の検査を省略し、書類にスタンプを押して通過させた。ところが米軍が一九六一年のあるとき、命取りとなるような失策をしでかした。通関手続き中に、トラックで輸送中の千五百人の兵隊がどういう理由でか車から降りてしまったのだ。ロシア側はこれは例外的異常事態ではなく、今後の先行事例と受け止めた。厳しい折衝が始まった。ソ連は全兵員の下車と員数確認を要求した。米側は七十人以上の輸送の場合には下車命令を出してもよい、ただし常時ではなく、また雨天の際を除くとした。英軍は四十人以上とした。仏軍の輸送は航空機に限るとした。

ここからソ連の攻勢が激化する。先に触れたように、一九六三年、ジョン・ラム中尉の輸送部隊は二十人だったのに止められ、下車して員数確認をするよう、二日間にわたって要求され続けた。ワシントンとラム中尉は拒否し続けた。「最低限、兵員を起立させよ」「拒否」。「着座中の兵員を観察しうるよう、荷台の遮蔽板を引き下げよ」「拒否」。

アメリカはイギリス、フランスと共同して軍事上の緊急措置を発動した。これにはバルト海及び黒海の海上封鎖と、最後の手段としてのベルリンへの陸路の突破が予定されていた。大使レベルの会談、幕僚レベルの協議が行われ、警告が発せられた。最終的にモスクワは、マリエンボルンにおける二十人のＧＩの員数確認の問題で世界戦争を引き起こすべきではないと決断した。二十人の米兵は数えられずにマリエンボルンからベルリンに向かった。マリエンボルンでの足止めに耐えることで、西側の自由は防衛された。

今、私は舗道を歩いている。人通りは少ない。日曜日。アウトバーンに着いた。昔のマリエンボルン国境検問所である。車がぶんぶん飛ばしている。国境通過地点は記念所になった。

駐車場でひとりの男に話しかけた。五十代半ばか、背が低くやせており、皺だらけの首には血のにじんだカミソリ傷が二つあった。彼は車の前で何かを待っている様子だった。彼はこの地方独特のゆっくりした抑揚の話しぶりで、東ドイツ人民軍の軍隊時代のことを語った。人民軍では三年在籍せよと言われ、脅されもしたが、彼は拒否した。一年半を一日も延ばさない、ということで決着した。そのことによる不利益は少なくとも当座はなかったという。のちに彼はおそまきながらアビトゥーア*7を受けて勉強しようと思ったが、それはできず、自動車修理工にとどまった。

「俺はシュヴェリーンの機動狙撃隊にいたんだ。ハンブルクの担当だったよ」

「担当とは？」

「事が起これぱそこへ出動するのさ。もし西ドイツ軍が攻撃してきたら、赤軍が来てくれるまでの間、やつらを食い止め、できりゃあ撃退するんだ。だけどそこまではやらなかったろうね。砲弾の餌食になるだけだ。ドイツ人同士が撃ち合い、アメリカとロシアはお互いにどこででも手を握るんだよ」

彼は無名の人間としての冷静な現実感覚を持っていた。私はその感覚を子供時代に経験したことがある。何十年も前だが、伯父とその妻の献身的な看病の甲斐なく、伯父の伯母が今日か明日かの命となったとき、伯父は言った。「どうしたらいいかって？　殴り殺すわけにもいくまい」。

私は国境の反対側に兵隊でいたことがあるから、この男が何かの戦争で私を、あるいは私が彼を、撃ち殺していたかも知れない、と思った。しかし彼が人民軍にいたのは一九六八年の「チェコ危機」*8のときであり、私はそのときやっと十二歳だった。「当時、一人に九十発の実弾が支給された。将校どもは結構おびえて意気消沈していたから、俺ら兵隊は

＊7　大学入学資格試験。

＊8　東ドイツ人民軍がソ連と共にチェコに武力介入した事件。

頭にくればやつらの何人かをどこかへ引きずり出しただろうな。やつらもそれを知っていたよ」。

「で、頭に来たのかね？」

「いんや」

「今はどうなの？」

「そうさな。昔はシュニッツェル[*9]が食いたきゃ食えたがバナナはそうはいかなかった。今はバナナだって手に入る。シュニッツェルはもちろん食えるが、今日びはすべてカネ次第さ」。彼は私に背を向けて車の屋根に腕を置いて言った。「昔を取り戻したいとは思わないよ。ただこうやって話し合えるよな」。

記念所の見学はなぜか妙に気乗りがしなかった。最後に、かつてシュタージ[*10]の連中が入っていた幾棟かの奇妙な小さなバラック建ての内部を見た。そこのベルトコンベアに乗ってパスポートが次から次へと検査されたのだ。それには興味を覚えた。なかなかよく出来たコンベアだ。中央の建物にはシュタージ幹部の試験問題が陳列されていたので、出てくる単語を書き写した。

国境線地区、貨物検査分隊、列車編成係、警報発信係、通行禁止遮断機、貨物自動車停止溝、証拠保存巡回、事件現場査察、濾過活動、出動要請、透視作業、増水予防、逃亡阻止、歩哨発声基準、通過統制地点、地域監視装置、金属格子障壁、国境信号遮蔽柵、電波

＊9　牛肉・豚肉のカツレツ。
＊10　東ドイツの国家保安機構。補注参照。

探知偵察装置、振動通信機、電波信号発信制度、旅券検査部隊、検査組織、検問通過車両、保安防衛機関、保安侵害重点領域、旅券保管嚢、現行犯逮捕条例、入国時身体検査、暴行行為……。

これらを順々に読むのも一興か。こうした言葉のいくつかが、ある一点に固まって現れるとき、ドイツは概して危険な国になるのだ。魂の抜けた野蛮な言葉の博物館でも建てて若者に見せたらどうか。

地図を見ると、マリエンボルン村まではまだ三キロあった。ついでだが、この地方の村でレーベン[*11]と名の付くところのなんと多いことか。地名で詩が出来そうだ。

アッシャースレーベン、オッシャースレーベン
イルクスレーベン、エルクスレーベン
ヴァッサーレーベン、アイマースレーベン、バーデレーベン
アンダースレーベン、アウスレーベン
ドライレーベン、ジーガースレーベン
デーデレーベン——ニーダーンドーデレーベン？
ホーエンドーデレーベン！

森を抜けてマリエンボルンに向かう。まず森の幾分外側に駅がある。一九九〇年の夏、統一前に来たことがある。監視小屋で四人のソ連兵が座っていたが、しばらくすると出て

＊11　生活、命の意。

きた。三人は同じ歩調で一列に、そのしんがりは黒のバカでかいトランクを下げていた。四人目は少し離れて黙って歩いていた。崩壊寸前の東ドイツの一風景であった。

さて田舎の小駅。駅舎はなくプラットホームが二つ、ヘルムシュテット方面行き[*12]とマクデブルク[*13]方面行き。近くに移住者の庭付き一戸建て住宅。静かで人っ子ひとり見えず、太陽は暑く、一瞬すべての人間が死んでしまったような気がした。

村そのものは森から一キロほどのところにある。途中、広い草地があり、その縁に小さな寺院のような擬古典主義風の黄色の建物があった。その正面には Florae et Pomonae という言葉の名残があった。Flora は春の神、Pomona は庭園の神であり、それへの献詞である。魅力的な場所だ。この建物は以前にはあるオランジェリー[*14]の一部であり、保護と保温が必要な植物のためのガラス壁の両翼を左右に配したもので、すべてまぎれもなく建築家シンケル[*15]の設計によるものである。そのことはすでに一九九〇年にローゼ夫人が私に語ったことだが、そのことはすぐ触れる。当時館内にシック美容院があり、私のメモによると「コールドパーマ一切」はなんと四十二・四五マルクだった。ドーリア風[*16]の柱はひび割れし、いくつかの窓は壁に塗り込められていた。

当時から十年以上経った今、すべてが改修された。中の喫茶店には椅子とテーブルが並べてあったが、もう閉まっていた。

さてローゼ老婦人のことである。彼女は当時そばの庭で地面を掃き寄せていた。私は話

＊12
旧国境の西側。

＊13
旧国境の東側。ザクセン・アンハルト州の州都。

＊14
オレンジ栽培用の温室施設。

＊15
十九世紀前半に活躍した新古典主義派。ベルリンの旧博物館、ポツダムのニコライ教会などが代表作。

＊16
ギリシャ古典建築様式の一つ。簡素で柱が太く、柱頭は饅頭型。

しかけた。雨が降ってきたので、彼女は私の車に乗ってきて村のいわれを話してくれた。昔この村はまだ「死の谷」と呼ばれていた。森に住む羊飼いが雲の中に聖母マリアの像を見た。マリア像はだんだん降りてきて泉に沈んだ。夕方羊飼いが羊に水を飲ませようとしても、羊はいやがって飲もうとしなかった。羊飼いは、これはマリア像が泉におられる間は動物たちは水を飲まない、そのかわりすべての病人は治る、ということのお告げだと信じた。そして死の谷は巡礼の名跡となり、「聖母マリアの泉」Born《ボルン》 der《デア》 Heiligen《ハイリゲン》 Maria《マリア》 がマリエンボルンになったというわけである。

今回は晴天である。私はシンケル建築前面の七段の石段に腰を下ろして、一九九〇年のときのここでの感懐を思い出した。すべては長い眠りの中にあったのが再び目を覚ましたようであった。西側の人間としての感懐である。人々はここが国境地帯であろうと営々と生きてきた。外とはすっかり遮断され、ロシアの駐屯軍とシュタージの宿舎がすぐそばにあっても、生きてきた！　彼らはヘルムート・ユスト農業生産組合で働いた。この組合はのちに「平和の守り」と名を変え、さらにのちに放漫経営によってつぶれかかって隣村のハルプケ農業生産組合に吸収された。ここには五百人が住んでいたが、それ以外のすべての人たちにとっては、この村は暗い水の中から浮かび上がったような伝説の村と言ってよかろう。それが当時の感覚であり、それは今でもなんらかの意味で残っており、私がここに来たのも、そのことを確かめるためだったのだ。

私は荒れ果てた農園の廃墟を眺めた。それは十九世紀、マリエンボルンの黄金時代にはレベッケという名前の一家のものだった。また小さな村役場はかつての大きな城の一部だった。古い教会と朽ち果てた無人の牧師館は生い茂った雑草に蔽われていた。

向かいの森からひとりの白髪の老婦人がやや前かがみで、水の入ったプラスチック製小型タンクを携えて現れた。ローゼ夫人？　いいえ、キヴィットと申します、と彼女は名乗った。ローゼ夫人は病床に臥しており、しかもかなり重く、片脚をなくしている。その水は聖なる泉から汲んだもので、ローゼ夫人はそれを飲み、またコーヒーを淹れているとのことだった。

私はキヴィット夫人と坂を上って教会に行った。その最古の部分は十二世紀のもので、初期のアウグスティノ会修道院の美しい回廊もあったが、だいぶ荒廃していた。彼女は扉を開き、かつてのローゼ夫人のように、しかしキヴィット夫人自身の言葉で、数字や名前や村の歴史を次から次へと語ってくれた。ハンガリー王が一度来臨されたこと、ヴァレンシュタインとナポレオンのこと、レベッケ家とシューレンブルク家[*17]のこと。ゾフィー・フォン・デア・シューレンブルクが一七八三年に牧師館を建てたこと。この牧師館はここ三年、無人の館だったが、ある建築家が買い取り、住宅に建て替えたこと。ごく最近、フライブルクで修道僧をしているシューレンブルク家の末裔のひとりが当地に来たこと、彼の父はフリッツ・ディートロフ・フォン・デア・シューレンブルクであること、彼はシュタウフェ

＊17　古貴族。

ンブルクの抵抗運動グループ[*18]に属していて、一九四四年にプレッツェン湖[*19]でナチに処刑されたこと、等々。

ドイツの中央に位置するこの地の幾変遷である。

祭壇はリーメンシュナイダー派[*20]が作ったものだが、彼自身によるものではない、「彼の彫った顔はもう少し細おもて」のはずだそうである。それからマリアが見下ろすヘロデ[*21]の頭は半分しか描かれていない。ヘロデが子供を抹殺したことを蔑んだためと言われる。ともかくマリエンボルンはドイツ最古の巡礼参詣の地であるが、ミサの日は「栄光あふれるとき」でも僅か五人、いつもは彼女とローゼ夫人の二人しか来なかった。

私は彼女に、「東ドイツの時代には何をなさっていたのですか」と聞いた。西の人間はこの質問をし慣れているが、質問されることはついぞない。

彼女は駅の出納の係で、夫はベルリン行きの同盟国軍用列車の乗務員だった。彼女はあるときシュタージで働かないかと聞かれた。自分はクリスチャンで、「裏切り者はカラスも食べない[*22]」と答えた。その日から彼女は無視同然に扱われたが、仕事は続けた。現在この地に住んでおり、前から住んでいる人もいるが、当時のことは話したくないと言う。「これだけは言えます。許すことはあっても忘れることはできません」。恐ろしいことが起きたらしいが、一言も聞けなかった。

私は再び駅に行った。その日の夕方までにかつて東に属していたハルバーシュタットに

＊18
第二次大戦末期にごく一部の将軍・高級将校がヒトラーに反逆して活動した。中心になったのがシェンク・フォン・シュタウフェンベルク伯爵で、ナチス政権の転覆、戦争の即時終結、民衆の独立と主権の回復などを目標に掲げた。グループのひとりであったフリッツ・ディートロフ・フォン・デア・シューレンブルクは、同志とともに一九四四年七月二十日、ヒトラー暗殺を企てて失敗し、八月に処刑された。なおシュタウフェンベルク、シューレンブルク両家とも、十四世紀に皇帝による叙爵が始まる以前からの古貴族であった。

＊19
ベルリン。

＊20
後期ゴシックの木彫家。

＊21
ユダヤの王でベツレヘムの幼児殺しを行ったと言われる。

＊22
カラスは雑食性でほとんどすべてのものを食べる、そのカラスさえ、の意。

行くつもりだった。次の列車はヘルムシュテット行きである。かつての国境の西側の駅である。私はそこでハルバーシュタット行きに乗り換えればよかろうと考えた。

ヘルムシュテットの駅でIC[*23]から降りて発車を待っていた車掌に、ハルバーシュタットに行くにはどの列車に乗ったらよいかと聞いた。彼はここを通過するだけなのでそういうことは分からないと答えた。ただ、この車掌はかつての国境の駅、このヘルムシュテットで、驚いて私を見て言った。「それにしても、ハルバーシュタットはもうひとつ別のドイツにあるということを、ちゃんとご存じなのでしょうね？」

誓って言うが、私のマリエンボルンへの小旅行の日の夕暮れは、再統一から十三年経ったときのことである。

＊23 都市間特急。

Birkenweg

ナマの世界

写真に写っている家々の窓の数は、衛星放送受信用のパラボラアンテナの数より少ない。最近はこんな家をよく見かける。こういう家にいると、どこに連れて行かれるのだろうか。どこで終わるのだろうか。そろそろナマの世界を擁護するための住民運動を起こすべきではないか。あるいは、ひとつちゃんとした公的な「ナマの世界斡旋協会」でも作って、月々利用料を徴収してナマの体験を仲介するようにした方がよいかも。人々は利用料を払って毎日一斉に一時間、窓から外を眺めるというわけだ。なんとバカげたことをしているのだ。そんなことをしないでも、みんなで広々とした草原に寝そべって、自然の音を聞き、自然の匂いをかぎ、あとからその音と匂いを書き記す。ダンスを習う。屠殺場に行って動物と目を合わせる。それが本当のナマの世界ではないのか。

SKYMASTER

ハリー

――ある俳優の話――

連日株価が高値を更新し、際限ないかに見えた大ブームは、メディアが演出した大錯覚でもあった。その数年間を、私の友人のハリーが一風変わって演じてくれた。

ハリーは私より若干年上で、二〇〇〇年には五十歳そこそこだった。もとは（ある意味では生涯変わらず）俳優で、長年にわたって街頭演劇をやり抜いてきた。それは六〇年代、七〇年代に見られた大規模でかなり良質な左翼演劇だったが、今では大方忘れられている。ハリーはその一員で、ヨーロッパ中を歩いた。その経験から彼が失わずに身につけているのは抜群の芸人性である。どこでも彼が登場し、声帯模写や物語を披露したり、劇中のあるシーンを演じたりすると、観客は数時間大喜びで過ごすのだ。

たとえば、彼は驚くべき手法でエスプレッソマシーンのすべての音をまねることができる。コーヒーミルで豆を挽く音、蒸気ノズルのシューシューという音、コーヒーが落ちるゴボゴボいう音、何でもござれだ。どこかで何人かの人が同席していて、話が退屈になったり空回りしたり、一休みになったりしたとき、ハリーに来てもらってエスプレッソの一席を所望すれば、また話を軌道に乗せることができる、というわけである。目を閉じていると、今にもコーヒーが目の前に現れる気がするのだ。匂いだけはしないが。

われわれが知り合ったころ、この街頭演劇の時代はとうの昔に姿を消しており、ハリーは俳優ではなく、ある市立劇場の演劇主任をやったり、ある時期は某大会社のために団体遊戯を考案したりしていたが、結局、音楽プロダクションに移り、さらにそのあとこの世界でのコンサルタントとして独立した。それが九〇年代で、一時期彼は経済的にもかなり羽振りがよかったと思う。なにせベンツＳＬを乗り回し、アルゴイ[*1]に別荘を持ち、私と会ったときなど二、三時間の間に、高価な葉巻を軽く二、三本くゆらす、という具合だった。

彼の葉巻の吸い方は本来の吸い方ではなかった。せかせかして、ぎりぎり最後まで吸うのだ。もともと彼はタバコだったのを葉巻に変えたのだと思う。それも味や煙やニコチンのためというよりも、とにかく葉巻吸いのポーズをとるために。単に生きるのではなく、生きざまを演出したい、という気持ちの現れとしてのポーズである。

彼は、演出のための新しい着想をいつも持っていた。こんな話を何週間にもわたって聞かされたことがある。妻との間にもう一人子供を持つことを夢見ている。しかしその子供が自分たちの負担になっては困る。彼自身はこれまでと同様の暮らしを続けたいので、自分の住まいの階下を借りてイタリア人家族に又貸しする。これは収入目当てではなく、赤

＊1　バイエルン州南部、オーストリア国境に近いアルプス山麓。

ん坊の面倒を見てもらい、食事を作ってもらい、少々ハリーを楽しませてもらうためだ。彼は夕方そのイタリア人の家に行って、大きな食卓を囲み、マンマの作ったパスタを食べ、イタリアの歌を唄ってもらう。

「そうしたいと思わないか」と彼は聞いた。

「いいね。だけどその家族は、結局君の言うことなんか聞かなくなるよ。君が考えていることと、全く違うことが起きるよ」

「もちろん、最初からすべて取り決めておくさ」

彼のものの考え方は、こんな風だった。

別の話。ミュンヘンの路上に車が置いてあって、「安く貸します」との張り紙があり、電話番号が書かれていた。彼は実際、数日間車が必要だったので電話をした。近くの住宅地の一角にあるアパートの一室に行った。ひとりの大男がベッドで眠っており、感じのいい若い女が机に座っていて、ハリーが入っていくとベッドの男を起こした。二人はロシア人で、まずまずのドイツ語を話した。男は、ひどく疲れているんだ、と言いながら、車三日分の借り賃——これは本当に安かった——を受け取り、キーを渡してくれた。

ハリーが車を返しに行くと、女はベッドで眠っていて、男が机に座り、目の前にはウォッカが置いてあった。男は早速ハリーに一杯注いでくれ、そのうち女も起きてきて、三人で一晩中過ごした。どこからか現れたキャビアの缶詰、厚切りのベーコン、パン、胡瓜などを食べ、ウォッカを飲み、ロシアの話をし、ロシアの歌を唄った。雄大で憂鬱なロシアの歌だった。

「ところで、やつらはキャビアを安く世話してくれるよ。君もどうだい？」とハリーが聞いた。

「頼むよ」

しかしキャビアはついに来なかった。何か月かあとに私自身が車を借りたいことがあって、ハリーに彼らの電話番号を尋ねると、彼は言った。「やつらはいなくなったよ。国外追放されたんだ。つい最近、一度連絡したんだがそれっきりだ」。

私は、ハリーの妻という人に一度も会っていないことに気がついた。もちろん、われわれは同じ町ではなく、彼はケルンに、私はミュンヘンに住んでおり、会うときはいつも二人だけだった。彼はだいぶ前に結婚し、ビリーという息子がいるが、本当の名前は知らない。また私の想像では、彼の妻は若干鬱病気味であり、それほど重症ではないにしても、ハリーのような人なら心の憂鬱を毎日吹き払ってやることができるのではないか、と思った。

ある日、彼が知らせてきた。まだすべて内密なので絶対に口外しないでほしいが、近く新しい映画製作会社の役員になることになった。バックには投資家のグループがいて、彼らはもしすべて順調にいけば、二、三年先にはこの新会社を株式上場するつもりなのだ、と。

最近、私はある男に会ったことを思い出す。彼は数年前まで株式市場で最も業績赫々たるニュー・エコノミーの会社のひとつのオーナーで、華々しい成功神話の中心人物だった（いくらも経たないうちに、今度は華々しく音を立てて、地獄に落ちていったのだが）。彼は頂点にいたころのある経験を語ってくれた。当時のある日、彼は何度もタクシーに乗ったが、どの運転手も彼のことを知っていた。三人目の運転手が、ごく最近彼の会社の株を買ったところものすごく上がってきた、と言って彼に大仰に礼を言ったそうである。そのとき彼は、ブームは間もなく終わると悟ったと言う。

この話を振り返ってみると、ハリーもよく似たケースだった。今、私は思うのだが、ハリーのような連中が上場会社を任せられたりすると、メディアに操られた熱狂的な錯覚は間もなく終わるのだ。

要するに、彼は上手に金とつきあえるタイプではなかったのだ。職にありつくや否やミュンヘンにやって来て、私を値の張るレストランに招待し、契約を結ぼうと提案した。私が週末を二度ほど彼の田舎の別宅で過ごし、ある映画の題材の肉づけに協力する、ということで、それに法外な謝礼を払うと言うのだ。そして一度週末を過ごしただけで、もう十分に仕事をしたからと言って、全額を振り込んできた。

私の週末がこんなに金になったことは今までなかったし、たぶん最も愉快な週末だっただろう。しかし、われわれが一緒に考えたことをもとに、ハリーが本当に映画を作るつもりだったのかどうか、私には分からない。それは彼自身にもたぶん分からなかったのだろう。また興味深かったのは、われわれが話し合った内容ではなく、ハリーが常に、私自身と彼自身のために映画製作者を演じた、ということなのだ。本当に彼は「演じた」。われわれがあたかも芝居や映画の登場人物であるかのように。

われわれに何かアイデアが浮かぶと、それが大変陳腐なものであっても、彼はポケットから、小型で銀色に輝く、たぶん目の玉の飛び出るほど高価な速記用口述録音機を取り出して、たった今思いついたことをテープに吹き込んだ。決して書き留めたりしなかった。彼は方針として最高の俳優や監督をねらっていた。あるとき彼は、いきなりそのひとりになんと電話をかけた。今日にいたるまで、そのとき電話線の向こうに本当に誰かいたのかどうか、私には分からない。いずれにせよ、われわれはモンテクリスト[*2]を絶え間なくふかした。彼の家の居間は、もうもうたる煙で、お互いの顔さえ隠れてしまうぐらいだった。

土曜日はそんな様子だった。日曜日の朝、ハリーは、ちょっと郊外に行こう、彼が両親と何年間か過ごした家に行ってみよう、そこにはそれ以来行ったことがないのだ、と言った。四、五十分田舎の方に車を走らせた。探しに探したあげく、シュヴァーベンの小さな村のはずれに、一軒の牧歌的な古い家を見つけた。ハリーは際限なく語り、この家での年月を、そして彼にとってこの家が持っている意味を説明した。われわれは何度かこの家の周囲を回ったが、現在の住人は留守のようだった。われわれはどこぞで食事をして帰った。

私がこの話をする理由は、何年かのちに私が、ハリーの古くからの親友のひとりにケル

＊2　ハバナ産の高級葉巻の銘柄。

ンで会い、一部始終を話したからである。そのときその友人は、ハリーはその村に一度も住んだことはなく、すべてはとっさの思いつきに違いない、ハリーを昔から知っているが、そんな話はあり得ない、ハリーはきっとちょっと散歩をしたくなって、退屈しのぎにそんな話をでっち上げたのだろう、と言った。

二人で過ごしたその週末のあと、ハリーとは音信不通になった。私は仕事が忙しく、何週間か旅にも出た。一度、彼をケルンに訪ねる機会があった。われわれは彼のオフィスでコーヒーを飲んだ。オフィスは、かつては工場だった建物の二階の、大変きれいな大きな一室で、隣の広い部屋には秘書の女性がぽつねんと座っていた。下の階には大きくてかなり高級なレストランがあった。ハリーは電話にかかり切りで、私は一時間足らずで引き上げた。

そしてついに、新聞に株の値下がりのはしりが出た。株価は下がり続け、ＥＭテレビが大揺れに揺れ、キノヴェルトが支払い不能に陥り、キルヒは破産した。何週間か経って私は彼に電話をし、二人で考えたことはいったいその後どうなったのか、と尋ねた。

「すごい脚本だったさ」と彼は電話口で叫んだ。彼はそれをＺＤＦ[*3]のシェーンマイアーに送ったところ、とてもよい反応だったと言う。

「私にも送ってくれないか」

「分かった。すぐ送る」

＊3　ドイツ第二テレビ。

しかし脚本は来なかった。メールを二回送ってもだめだった。私はあきらめた。

何か月かのちに私はもう一度ハリーに電話をした。彼は、今忙しいから折り返し電話する、と言った。しかし電話はこなかった。数日後にもう一度かけてみると、彼は蚊の鳴くような声で言った。「今どんなことが起きているか、君は信じないだろうが」。そして深いため息をついた。

「何が起きたんだ」

「失業したんだよ」

「どうしてそうなったんだ」

「今朝、週のミーティングをやっていたら、突然、債権者の弁護士がやって来て宣言したんだ。議題がもう一件ある、業務執行の差し止め通告だ、本件は決定事項の公示であって議論の余地はない、とね。その上私に言うのには、もちろん示談を主張することはできるが、その場合、自分は直ちに破産裁判所に出頭するから、私に残るものは皆無だと言った」

彼は沈黙した。私は低く呻いた。ハリーは言った。

「あんないやなやつは見たことない。こんなことは初めてだ」

「どうなってるんだい」と私。

二週間後に私は共通の女友だちと電話で話した。彼女が言うには、アルゴイにあるハリーの別荘に木喰い虫が出てきた、あの家は最新流行の木造家屋だから、きっと何年か前の建築のときから虫がひそかに住みついていて、今になって現れたのだろう、こういう場合、建築会社は保証なんかしませんものね。

彼女は笑って言った。「彼はこの一週間このことにかかり切りで、ほかのことに手がつかないらしいの。職業なんてものは全く必要ないことを、今まで知らなかった、男はもともと、四六時中、家族の父親と家の持ち主で通るんだというわけよ」。

「彼は失職したことをあなたに言ったかね」と私は聞いた。

「いいえ。何ですって？　あぶれちゃったの？　一言も聞いてないわ」

やっと二か月後に、ミュンヘンのシューマン[*4]で彼に会った。今までこの店で会ったときに座ったのと同じテーブルについた。しかし、すべてのことが奇妙に変わってしまった。かつては、成功という香水をふんだんに振りかけた俗物たちが隣り合って座っていたテーブルだったが、急に繰り言が聞こえてきた。たとえば。

「俺のところはもうネタ切れだなんて、連中に思わせるものか。まだまだ山のようにあるぞ！」

「あんたは本当に、やつらがわれわれの息の根を止められると思っているのか。冗談じゃない。まだまだやれるさ」

「連中は町長をクビにしたじゃないか。万事が悲惨の中で、あれはちょっと溜飲が下がったな。あののっぺり男めが」等々。

＊4　レストラン。

　ハリーは少し疲れているようだった。まっすぐな銀髪をいつものように真ん中で分けていたが、前よりは幾分長めだった。彼は挨拶のとき口にキスをする。私はそれがいやだったし、今でもいやなのだが、そう言えないかわりに、そっと跡を拭うのだ。

「マリーとは別れたって言ったっけ？」

「聞いてないよ」

「彼女はアルゴイの家にいる」

「虫はいなくなったかい？」

「ああ。まあ聞かないでくれ」。彼は右手の親指と人指し指をこする仕草[*5]をした。

「君は息子さんと一緒に住んでいるの？」

「いや。あの子は友だち二人とケルンの家に住んでいる。私はその二人から家賃を取っている。そうしないと家がもたない」

「まだ金はあるのか？」

「あんまりない」

　彼はウェイターを呼んで、二杯めのモルトウィスキーとモンテクリストを注文した。

「君自身はどこに住んでいるの？」

「前のオフィスの隣の部屋で、レストランのオーナーのものだ。時折調理人やウェイターを短期間泊まらせていた。それを私に回してくれたんだ。ただ夜はレストランの連中が仕

＊5
この仕草はカネ、値段、価値などを意味する。ここでは「金がかかるんでね」といった意味。

事を終えてすぐそばで着替えをするし、朝は六時に掃除婦が来てテーブルクロスを洗う洗濯機を動かすから、私の夜は短いのさ」

われわれは一瞬沈黙した。

「今ビリーと一緒に住んでいる若者のひとりが、このあいだ何と言ったと思う？　お望みならバスルーム使ってもいいよ、だって。古いけれど私の家だぜ」

夕方近くなった。私は聞いた。

「腹は空いている？」

「いや、さっき食べた」

「私はまだだ」

私はチーズパンを注文した。すぐに来た。

「もしよかったら」。私は皿をテーブルの中央に押しやった。「では少しだけ」とハリーは言った。二分後、チーズパンはあとかたもなかった。私は端の方を少し食べただけで、ハリーがあらかた食べた。そうこうする間に彼の葉巻は終わっていた。彼がポケットからマッチ箱を取り出そうとうつむいたとき、頭の一か所、毛が抜けていて、絆創膏が貼ってあるのが見えた。彼は言った。

「分かるかい。私はベンツを売って、フィアット・プントの中古を買った。そしたらケルンの交差点で、右から車に突っ込まれた。弱り目に祟り目だ。心身症的交通事故とでも言うのかね。今は車なしだ。しかも傷は麻酔も碌々かけずに縫わした。安いから」

「健保があるだろう」

「民営保険だから、保険金を我慢すれば還付されるんだ」

「何もかもひどいもんだな」

「全く」

「今は何をしてるの？　新しい仕事は見つかったかい？」

彼は、今手がけているテレビドラマのシナリオの話を、くどくどとした。私はテレビドラマのことは全然知らないので、途中から、彼が何をしゃべっているのか、理解できなかったが、話を続けさせた。彼が話している間、私は思った。彼はこういう場面に異常なほど強くとらえられ、自分がひとつの役柄であり、すべてをできるだけうまく演じなければ、との思いが募るようなのだ。あたかも彼の人生そのものが映画か芝居で、それをできるだけドラマチックに仕立てなければならないかのように。

私は彼が好きだ。彼と一緒にいて、一瞬たりとも退屈したことはない。

彼は勘定を、と呼んだ。私が全部払った。

「私は今でもエスプレッソマシーンをやってもいいんだよ」

席を立ちながら彼はそう言って、蒸気ノズルのシューシューという音を立てた。

ヘルガ

―中産階級のトラウマ―

一九八一年のある日の夕方、私の友人の家に十人余りの人たちが集まった。ちょうど白ワインが流行し、将来の生活に望みが持てた時期である。友人は、なるのが十年遅かった雑誌編集長、客人は皆二十代半ばで、将来の映画プロデューサー、デザイナー、ゴシップ記者、作家などだった。ヘルガだけが子持ちで、その子は生後六週間だった。私はそのときヘルガと長時間話をしたわけではないが、彼女の声が印象に残った。彼女は大きな声で、早口で自信たっぷりに、はっきりと分かるヘッセン地方のアクセントで話した。

十年後、私はミュンヘンにおける人々の貧困の実情をルポした。ドイツの最も裕福な都市のひとつであるこの街の住宅困窮、生活保護、債務重圧等々。私は、家を失った婦人たちの話を聞くため、ミュンヘンにあるカリタスハイム[*1]のひとつを訪れ、椅子に座って取材相手を待っていた。

ドアが開くと、ヘルガが立っていた。

*1 カトリック教会による社会福祉事業の一つとして運営している集合住宅。

あっけにとられ、驚いて一瞬言葉を失ったあと、彼女は言った。「こんなところで会うなんて」。

彼女の夫はタクシー会社の経営者ではなかったか？　彼女は？　大学出だったが。

再会して分かった。ヘルガは八歳と十歳の二人の子持ちだが、夫とは別れていた。彼女は夫に愛想をつかした。夫の消極さと身勝手さと、情緒的なことの無神経さに我慢できなくなった。夫の最後の言葉を彼女は決して忘れない。「君は俺を巣から追放するんだろう」。

一家が住んでいた棟割住宅を、家賃が高いので出なければならなくなった。夫は妻の扶養料を一切払わなかった。タクシー会社は倒産した。ヘルガはチラシ三百枚を電柱に貼り、広告を出し、不動産屋に電話をしたが、無駄だった。女手ひとつで子育て？　子供は二人？　折り返し電話します。

電話はなかった。

彼女はかつて、週三十時間勤務の有利な仕事口と、理解のある雇い主に恵まれ、子供たちは学童保育施設*2を利用してもいたが、それが何の役に立ったというのだろう。ついに強制立ち退きとなり、一戸建てと棟割住宅のある、ミュンヘンの住宅地域のひとつ、オーバーメンツィングの歩道のはずれで、調理場用の赤い椅子に腰を下ろすはめになったのだ。泣き叫んでも、どこかへ行けるわけではない。「強制立ち退きはショックでした。あれは私の原体験でした。世の中の誰も私を必要としない。私はひとりぼっちなんだ、って」。カ

＊2　放課後から親の帰宅時間までの教育・保護を引き受ける施設。

リタスハイムで彼女は私に、こう語った。

そして、その移り変わりのなんと早いこと。安定した中産階級から社会のどん底への転落の、有無を言わせぬすさまじさ。

今、彼女はカリタスハイムで、二人の子供と小さな部屋に住んでいる。そしてここでも、調理用の赤い椅子に座って、公共福祉住宅の空きを待っている。何度か広告を出したが無駄だった。それは分かっているのだけれど、何かしないわけにはいかないでしょ。彼女は言った。「すべてを変えようとしても、そうはいかない。なされるがままよ。自分だけの力では何も変えられないもの」。

友だちはいないのだろうか。

「みんな私をほったらかし。以前、近しかった人たちにとって、私は不気味なようです」。

隣人はどうなのか。

ハイムのある地域は、堅実な中産家庭が多い。ヘルガの同居者のある女性が、隣の庭の花をぼんやり眺めていたら、そこの奥さんに「盗むものなんかないわよ」と言われた。別の女性が自分の子供を大声で呼ぶと、隣の庭から「うるさい！」と憎しみに満ちた声が飛んできた。

彼女は「私に起きたことは、誰にでも起きるんですよ」とさえ言った。誰にでも、ほとんど誰にでも起きる、ということが、隣人の憎悪をいよいよもって掻き立てるのであり、また、彼女の話が私の記憶に残っている理由でもあるのだ。ヘルガに起きたことへの不安を誰もが持っている。ひとつの離婚、ひとつの事故、ひとつの病気だけで落とし戸が開き、奈落に転げ落ちる。中産階級のトラウマである。

それから彼女の消息は途絶えた。しかし十二年経った今、彼女のその後のことを知ろうと思った。電話帳に、ある会社名と関連して彼女の名前を見つけた。電話をかけると、留守番電話で、彼女の声だとすぐ分かった。ヘッセン訛りで早口である。折り返し電話を、と吹き込んだ。二週間音沙汰がなかったが、とうとうかかってきた。

彼女は言う。最後の職を失ったあと、自分で会社を作ったがうまくいかず、作ったばかりの小さな会社を手放した。もう留守電の録音は聞かなかった。別の職を見つけるメドがついた。ただ、事務所の明け渡しのときに、留守電の着信ランプが点滅しているのを見つけたらしい。

われわれは町のはずれのオフィス街で会った。夕方五時半で、勤め人が会社から地下鉄へと流れていた。その流れの中に、安物の淡紅色のコートを着た小柄でふっくらとした彼女が立っていた。レストランに入ると、彼女はミントティーを注文したが、ほとんど口をつけなかった。店は空いていたが、彼女の声が響いた。二十歳と二十二歳になる娘の話をしたが、こちらは二人のことは全然知らないのに、かなり知っていると思い込んで、とめどもなく話した。

の？」

「順序立てて話してくれませんか。あなたたちがカリタスハイムに入ってからどうなった

彼女は三部屋の公共福祉住宅を手に入れ、今もそこに住んでいる。上の娘は病身でアレルギーと喘息持ちだ、これまでのことが原因か。ヘルガ自身は仕事を失った。会社は給料を払えなくなり、彼女は何か新しい仕事を探さなければならなかった。毎晩、咳き込みながら喘いでいる娘のそばで、彼女はあまり眠れず、自分が病気になり、平衡感覚を失った。ストレス病で一種の聴覚障害だった。全くお手上げの状態だったが、頭をしっかりとまっすぐに保つことだけはできた。病院に入って当然だったが、二人の子供はどうするのか。毎日、上の娘が自分も病気なのに母親を医者に連れて行った。いつの日かすべてがうまくいき、ヘルガがもう一度働けるようになるまで、こういう状態は続くのか。

「今の職業は何だっけ。忘れてしまったよ」

彼女はドイツ文学の試験を受け、商業販売員の実習を終えた。しかし昔も今も秘書として働いている。

娘たちは大変だった。最初にどちらかが病気になると、二人目が続くというわけだ。「その原因は強制立ち退きではなく、私の振る舞いでした。私は娘たちに安らぎを与えられませんでした。自分自身がパニックにおちいっていました」。ある日、長女は五階の窓にしがみついて、飛び降りると迫った。彼女はその娘を、ある治療のための住居共同体[*3]に入れよ

*3　数人または数家族が住居を共有して共同生活を行うもの。

う と決めた。「そのことで何日も泣きました」。次女は彼女と一緒にいたが、十四歳になったとき、恐怖とパニックから発作を起こし、突然母親にしがみつき、震えながら、死にたくないと叫んだ。ヘルガはそれがよく分かった。そのころは野外にいるときなど、いつも何もかもが、天から彼女めがけて降ってくる、逃げられない、という気分だったという。

次女は病院に入り、そのあと長女と同様に看護付きの住居共同体に行き、結局親許に帰って来た。長女は十六歳でそれまでのところを去って別の六人の少女たちとの共同生活に入ったが、引き続き定期的に心理学者の治療を受けている。今、その子はひとりで暮らしているそうだ。

「今、こうして何もかもお話しすると、頭を改めて撃ち抜かれるようだわ」。突然、彼女はそう叫び、手で顔を叩き、また降ろしてから言った。「でもこれは悩みごとの一覧表ではなくて、私の人生そのものなの」。

一九九六年のこと、二番目の男が現れた。彼は十五歳年下で、ある居酒屋の隣のテーブルで、突然くしゃみをした。彼女が「お大事に」と言ったのがきっかけで、会話が始まった。彼はシェラレオネ出身の黒人で、亡命を求めていた。彼女と離れたくない、彼女のそばにいるだけでよかった。それでいいわ、と彼女は言い、結婚までした。「愛の故にではなかったけれども、ともかく一緒に暮らしました。そうやって人々を救いたかったんです」。彼女は自分を嘲笑うように言った。「自分の問題をあり余るほど抱えているというのに」。下の娘が病気になると、「彼は丸太ん棒のように私にぶら下がってきました。私を腕にしっかりと抱いてくれる人が欲しかったのに、彼はそうではなかった」。彼が永住許可を取ったとき、彼女は別れた。「私が人を救うときはちゃんとやります」。

彼はタクシー運転手になり、今はイギリスの別の女性の許に向かっているらしい。

子供を人手に渡すのは最悪、彼女自身が母から人手に渡されたからそれが分かる、と言う。

「なぜ？」

三人兄妹の一番下のヘルガが一歳になったばかりのころ、彼女の母親は家族を捨てて、ひとりでよその町に越してしまった。「母は父と別れたくなかったんだと、今思います。父に、母を絶対に失いたくない、と思ってほしかった。しかしそうならずに、父はさっさと別れてしまった」。そのことはのちに、彼女自身の人生における男性経験ともなった、と言う。「男性は女性を求めて戦わない。女性はいつもひとりでほったらかされる」。彼女は小さいときから、この思いを持ち続けてきた。「誰も私を必要としない。私は世界でひとりぼっち」という思いを。

ヘルガは五、六年の間心理療法を受けたと言う。のちにはいわゆる家族配置療法を二回経験した。これは療法士ベルト・ヘリンガーが開発したものである。こういう具合だ。何人かの他人が家族のメンバーの役を与えられ、大きな部屋の中で、相互の関係の濃淡に応じて遠く、あるいは近くに立つ。療法士は母親役に、部屋を去るように指示する。そうするとその瞬間父親役は、自然に「私はお前と一緒に行くよ」と叫ぶそうである。

彼女は言う。「あれは全く信じられない瞬間でした。私にははっきり分かりました。あの父親役も、彼女から離れたくなかったのです。ところが、父は母を簡単に去らせて、別の女性と結婚しました、私の継母です。継母は、父に愛されていると思っていました。しかし、父にとっては、子供のために女が一人いればよいのでした。これにはみんな言葉を失いました。みんなお互いに生きることをめぐって、だまし合っていたのです」。

そもそも両親は、戦争中に知り合った。父は将校で、母は十九歳で高射砲部隊付きだった。母は死ぬ少し前のある日、彼女の捕虜時代の話をしてくれた。陵辱されたこと、死産したこと、仕事で知り合った父と自動車で逃亡したこと。

ヘルガが語る悪夢のような情景は脈絡がなく、暗くトラウマ的な印象の断片だった。一番恐ろしいことが、ヘルガの脳裏に焼き付いているようだった。母は、ある女性のことを話した。逃亡の途中、ある家屋でイギリスの兵隊の前にその女性はいた。その乳房はテーブルに釘付けにされていた。かと思うと彼女は、地面に掘られた穴の中に見知らぬ男と一緒にいた。その男は撃ち殺されているのに、彼女はその穴から出られず、一昼夜、死体と体を触れ合ったまま過ごした。

父は、ヘッセン州の小さな町に、家具の工場を持っていた。その工場は百年前から一族のものである。外見は上流市民だったが中身はとんでもなかった。

「家具の工場だって？　だったらあなたも相続した分で救われたでしょう？」と私は聞いた。

「そうなんだけれど、財産の一部は、私の夫のタクシー企業につぎ込んだの。それが倒産してしまったので、お金もパー。ただあとになって、もう少し追加分が手に入ったので、私の借金の返済に充てました」

　父は五十七歳のとき、心筋梗塞で死んだ。生母は出奔したあとに、戦争で失明した弁護士と再婚した。「その人はもう、男の役目を果たせなくなっていました」。それも戦争の傷跡だった。生母はアルコール中毒となり、七十四歳で癌で死んだ。ヘルガは灰にして撒布させたという。「お墓なんて欲しくなかった。母がどこにいるかなんて、知りたくなかった」。

「あの人たちはみんな、気持ちをきちんと伝えないまま死んでいったのね」

　ヘルガの兄妹の中で一番上の姉は腺病を病み、子供のような体で、背丈は一メートル三十センチばかりだった。三十四歳のとき、継母と車に乗っていて事故で死んだ。兄は三歳のとき階段で落ちて、それ以来精神障害を起こし、一九七一年に窓から転落して死んだ。父と継母の間には二人の異母弟妹がいた。女の子は多発性硬化症を病み、男の子は二度結婚に失敗した。「彼の酒ぐせのせいだと思います」。継母は八十歳を過ぎて健在である。いずれを見ても救われない話ばかりだ。こう見てくると、ヘルガが一番うまく切り抜けてきたと言えよう。

彼女は今、五十一歳である。不思議なことだが、死者たちが皆、天上のひとつの雲に乗って幸福そうにしている、という想念がときどき去来する。そばに彼女自身の姿も見える。「尻半分はいつも雲の上に座っているのだから、どうして下界で、あれこれうまくやろうとするのかね」と心理療法士は言う。これにははっとした。

七時十五分になった。ミントティーは飲み終わっていた。まわりのテーブルでは人々が食事をしていたが、彼女は声をひそめるわけではなかった。他人に聞かれたってどうってことないわ。本当の話なんだもの。

娘たちは二人とも、アビトゥーアに合格した。長女はそのあと小売り販売の実習を受けた。喘息は治った。次女は社会教育学を勉強したいらしい。「すべてオーケーよ。私もここですごい働き口を見つけたの。朝夕は車で通勤。地下駐車場の会社のスペースに置くから無料。日中の仕事はとても楽しいわ。ありがたいことです」。

ただ、すべては壊れやすい。脆い。「確固たるものは何もないの。分かるかしら。ついこの間も前の夫が娘たちの生活費の支払いをやめたわ。物質的にはまあまあ安定した大地の上にいるかと思えば、また突然すべてが揺れ動く。それに翻弄されるの」。

そして彼女は、この間ずっと何回か三角関係におちいり、そこから抜け出せないでいる。現在でも彼女はある既婚の男と関係している。彼はひとり住まいだが、妻と別れることはできないそうである。「彼は私の言うことに耳を傾け、私の考えを理解してくれている。こういう経験は今までありませんでした。私たちはいつもとことん話し合います。私が神秘主義の傾向があることを、彼は理解しています。私は、あるときは彼と別れたくなり、またあるときは別れたくなくなる。それでいいんです。絶え間なく我慢したり、何もかんでも決着をつけようとしたりしてはいけない、ということを学ばなければ。毎日学んでいます。去る者は追わず、流れに任せる。ゆっくり歩くこと。私はやること、片づけることが何でも早すぎる。だから働きすぎて、夕方になると疲労困憊というわけ」。

われわれは席を立った。彼女は車でご帰還だ。道で、帰宅途中の同僚と大仰に挨拶していた。私は彼女に握手を求めた。

「うまくいっているわ。本当にうまくいっているわ」。彼女は言った。

笑い

ビーレフェルト[*1]の社会人教育会館の二階には、いろいろなセミナー案内が置いてある。いわく「新しい人生設計・願望から実現へ」「静止持久体操」「座位体操・頭蓋骨体操・電波療法・リラックスマッサージ」「夫婦・親子円満ほどほど体操」「妊婦向けベリーダンス」「女性のための気分スッキリデー」「奔放な精神への回帰・女性のための自分史劇場」「スィ・キンボ教授の中国式療法システムによる十八の体操」等々。

かく申す私は、ある週末に隣の広間でやっている「ウィリアムの笑いのトレーニング」に参加した。

生徒は七人で、お互い「ドゥー」[*2]で呼び合い、輪になって座る。アグネス、アンネ、ペトラ、コルネリア、カトリン、マルクス、そして私だ。職業は看護師、作業療法師、旅行ガイド、事務職員などで、ウィリアムを含めて八人である。ウィリアムは六十歳で、正式にはヴィルヘルム・アウグスト・ドルックスという。しかし彼は言う。「ヴィルヘルム、アウグスト、

＊1　ノルトライン・ヴェストファーレン州北東部の中都市。

＊2　親称。

ヴィリー、どれもぴったりこない。やはりウィリアムが響きもいい。ウィリアムと笑おう、だ」。彼の細君もそう呼んでいるとのこと。

そのウィリアムは十年前までは輸出商人だったが、その後、心理コンサルタントの教育を受け、続いて精神治療と自己体験のコースを取った。不安に駆られたことが四回ほどあった。そして彼が言うように、「笑いとともに」の将来が見えてきた。会社員時代も同僚から、何かユーモアにかかわることをやったら、と言われていた。

それを今やっている。彼は言う。誰もが笑いが健康的なことは知っている。笑いは生体の免疫システムを活性化し、ストレスを解消し、幸せのホルモンを循環させ、緊張をほぐしてくれる。もしそうならば、われわれはウィットや冗談や愉快な出来事など、外部からの笑いの刺激に頼らないようにしなければならないのではないか。きっかけなしに自分から笑うことを学ばなければならないのではないか。もしできれば、笑いは最上の薬なのだから、この上なく有益である。ちなみにユーモアという言葉はラテン語からきており、それは「水分」を意味している。つまり笑いによって体の液体が始動し、体内での流れが生ずるというわけである。

さて最初の日、ウィリアムは言った。「まず皆さん、名前を言って自己紹介をして、なぜこのコースを選んだかを説明して下さい。最後に、何かいい気分になる声を出して下さい。私が最初にやるから驚かないで」。

彼は腕を上に突き上げて椅子から高く飛び上がり、「ヤアアアー」と叫んだ。

確かに皆少々驚いた。

次にコルネリアが、私たちを今取り巻いている文化は笑いが少ないので、笑いを学ぶこのセミナーに来たと言った。

アグネスは、両親から「あんたは真面目すぎる」と言われているので、もっと笑いたいのです、と言った。

マルクスは、これまで二回、ウィリアムの講義を聞いて興味を覚えたそうで、何か声を出すならば「ヒヒヒヒヒ」にしたい、と言った。

さてスタート。われわれはひとつの練習を始めた。口の端と眉を上に吊り上げ、腕を上に伸ばし、手のひらを開く。

どうですか。いい気持ちでしょう。

ウィリアムの父親は、いつも兵隊時代のあるエピソードを語って彼を楽しませてくれた。隊長が全軍を前にして叫ぶ。「ドイツの兵士はいかように笑うのか」。全軍は一斉に吼える。

「ハアッ」

さあ、われわれもそれをやってみよう。もちろん兵隊じゃないんだから、民間風に。みんなは三回腕を外側に突き出し、その都度「ハー」と叫び、四回目には泳ぐように腕を振り回し、笑いを爆発させる。その笑いは長く、大きく、解放された笑いである。

ざっとこんな調子だ。大事なことは、ウィリアム自身がわれわれを前にして、一番の大声で模範的に、そして愉快にさせるように笑うことである。

彼は「自分の身軽さを発見する」ことにかかっていると言う。つまり、人生の重さによって深みに沈められるのではなく、いつも上を目指すということ。ちなみに、こうした原理原則は、ウィリアムが開発したものではなく、インドの医師マダン・カタニアによるものだそうである。カタニアは、ある朝ボンベイの公園で、滑稽話を聞かせて人々を笑わせることを始めた。それは大変うまくいったのだが、ついに種切れになった。そこで彼は、人々が自分で笑いを生み出すための練習の開発に取りかかり、笑いは自分で作ることができる、ということを発見した。笑いには外からのきっかけはいらない。笑いは自分の中に宿っており、それを引き出せばよいのだ。こうしてカタニアは、世界中に笑いのクラブを作り、それを土台に笑いの運動を創始したのである。

ウィリアムは一枚の緑色の板を掲げた。それには黄色の文字が並んでいた。

ヒヒヒ

ホホホ

ハハハ

私は、あるサッカー監督の笑い話を思い出した。彼のチームが惨敗したとき、監督は更衣室でボールを高く掲げて言った。「お前ら、イロハのイからやり直しだぞ。これがボールだ」。沈黙。後ろの方から声あり。「そのことを証明してくれませんか」。

さて実習である。まず手を叩きながら大声で「ヒヒヒ」と言い、次はグループの誰かの手を叩きながら「ホホホ」と言い、今度は人指し指で誰かをふざけ半分に脅かしながら「ハハハ」と言う。

ビーレフェルトの仲間たちといて、誰も私を知らないというのが、今は最高に楽しい。次々と新しい練習をする。まず「跳ね笑い」。手を床につけ、それをぱっと上に突き上げると同時に笑いを爆発させる。次に「芝刈り笑い」。左腕を突き出し、右手で電動芝刈り機のスターターの紐を引く仕草をしながら「ラ！」と叫ぶ。それを三回繰り返し、四回目に「笑う」。そして「自分笑い」。これは本当に面白い。昼食後に町の公園に行って自分自身を笑い飛ばす練習だ。大変簡単だ。八人が芝生の上に輪になって立ち、笑い出すと止まらない。ときどき町の人たちが、通りすがりに不思議そうに眺めている。

とにかく二日間、少々神経にさわるが楽しい時間を過ごした。ウィリアムはドイツ人らしく物事の原理原則にこだわるのだが、世の中の真面目すぎを改め、いつかは愉快さに勝利させたい、といつも言っている。そしてこれまたドイツ風なのだが、物事をちゃんと押さえている。たとえば、心臓や痔に問題がある人、高血圧や椎間板ヘルニアの人は、笑うことにも気をつけるべきだし、車の運転中に笑いを爆発させることは、大変危険だと言っている。

少々冗談がすぎたが、彼の言っていることは正しい。口を広げて笑顔を作ることは、上機嫌の結果であると同時に、笑顔が自分も他人も上機嫌にしてくれる。このことは生来不機嫌なわがドイツ民族に、いくら言っても言いすぎにはなるまい。それを理解するためには、とにかくやってみることだ。朝、鏡に映る自分の顔に、一分間ほほえみかけてごらんなさい。きっと効果があるはずです。ウィリアム流に言うなら、「これが私の言いたいことです」。

セミナーの最後は、全員、床に仰向けに横たわり、それぞれが頭を横の人の腹に乗せて「笑いの絨毯」を作り、十分間笑う。これは一番たわいのないレッスンだったが、まあまあであった。

このセミナーを通じて何よりも悟ったことは、私が一員であるこの民族は、いかなる民族であるか、ということであった。どことなく涙ぐましく、万事こつこつ努力し、愉快さの問題についても真剣に興味を持つ、そういう民族なのである。

純血種の家禽

ドイツの最北端から最南端に一本の線を引き、もう一本の線を最東端から最西端に引くと、この二本の線が交わる点がドイツの中心点ニーダードルラで、アイゼナハ[*1]とヴァルトブルク城から三十キロの距離である。

ここにホテル「アム・ミッテルプンクト[*2]」や、ボーリング場「アム・ミッテルプンクト」があり、「目的連合[*3]ミッテルプンクト・ドイッチュラント」が運営している小さな博物館もある。これらの建物の間の広場に、たくさんの観光バスが来てもよさそうなものだが、実際には今一台もいないし、明日もそうだろう。数人の釣り人が下の湖で糸を垂らしているだけである。そのそばには一九九一年に植えられた「皇帝」という名の菩提樹がある。まさにドイツの中心点にある菩提樹だ。そばに木の立て札があって、こう書いてある。

「一九九〇年十月十二日、テレビ司会者ハンス＝ヨアヒム・ヴォルフラム氏が、ニーダードルラ村がドイツの中心点であるとのニュースを伝えた[*4]」。

＊1　チューリンゲン州西部の古都。

＊2　中心点にある、の意。

＊3　地方自治体間の事業別連合。

＊4　東西ドイツの統合は一九九〇年十月三日であるので、その直後に新しいドイツの地理的中心点を公表したものと思われる。正確には東経一〇度二七分、北緯五一度一〇分の地点である。

またこの地にはエルベゲルマン族の礼拝所があり、彼らは神々に食べ物と動物と、そして残念なことだが人間を捧げたという。別の立て札に曰く、「礼拝所は現在にとっても重要な意義を有しており、来るべき平和の時代への先駆けとなるであろう」。

湖は静かだ。聞こえるのは幹線道路を走る車の音だけだ。数百メートル先に白い城のような家具店「イェーガー」があった。

ハンス＝ユルゲン・ラウファー氏は彼の一戸建て住宅の庭で椅子に座っていた。一九二五年創立のニーダードルラ家禽組合の理事長である。緑色の作業ズボンをはき、手は仕事で汚れており、目には、不思議なことに疲れと興味と力が同時に宿っていた。草むらに神経症にかかっているニューファンドランド種の老犬が寝そべっており、そこらじゅう鶏、ひよこ、小型ですぐ興奮する雄鶏などがちょこちょこ走り回っていた。庭の端にある丈の高い檻にはダックスフントぐらいの大きさの兎が何匹かいて、餌を食べたり憂鬱そうにセックスのことを考えている風だった。

ラウファー氏は一年前に理事長になったが、前任者はヒューナームント*5といい、家禽組合のスポークスマンとしては悪くない名前だった。この人は十年以上にわたってこの地の家禽業者を率いていたが、やがて世代間抗争が始まった。ラウファー氏は言う。「ここの組合もご多分にもれず、ということでしょうか。あちこちで不穏な動きが起きてきました。以前は理事長が即指導者で、養鶏の分野でヒューナームントにかなう者はいませんでした

＊5　鶏の口の意。

が、今は誰でもいろいろな情報源を持っています」。彼らは組合の中の上下関係に縛られなくなり、東ドイツ政府から通達される業務計画にあくせく取り組まなくなったと言う。

東ドイツ時代には、この組合の家禽業者全体の中で養鶏業者は三十人いたが、現在では十三人になっている。一九九〇年以前は鶏を育てるのは、そのこと自体が喜びであるばかりでなく、「日曜には何かおいしいものが食卓に並ぶ」楽しみがあった。ラウファー氏は兎の飼育組合にも属しており、その組合は最高時には一年に十二トンの肉を生産していたが、そんな時代は終わった。今は誰でもスーパーでもっと安く買える。かつて兎、鳩、鶏、鴨などを飼っていた連中は皆、組合を辞めた。園芸組合も同じだと言う。どこへ行っても畑はコールラビ、ニンジン、カリフラワー、ズッキーニなどがはばをきかせており、庭といえば芝生と花ばかりである。「野菜を作っているのは老人ばかりです。若者たちはレクリエーション用の広場が欲しい、野菜や果物は店で買えばいい、どうして畑仕事などしなければならないのか、というわけです」。

人々の生活の仕方が変わった。しかしドイツの中心でも周辺でも変わらないのは組合である。

ニーダードルラの組合が一九二五年に出来たことは冒頭で触れたが、その後はずっと危機と繁栄の波の繰り返しだった。二〇〇〇年には創立七十五周年の祝賀があった。その式典記録に曰く。「特筆すべきことは当地の家庭菜園組合『ニーダードルラの黒土』の組合

長ギュンター・ペルツ氏夫妻から祝辞と記念品をいただいたことである」。

その前の一九八六年と八九年にはニーダードルラの人たちは、「ベルク地方のカラス及びその矮小種飼育特別組合」の「東ドイツ・ヘーネクレーエン」（鶏の鳴き声のコンテスト）を開催することができた。

若干の説明をしよう。

まず第一に「ベルク地方のカラス」[*6]だが、これはドイツの古くからの鶏の品種で、羽毛は黒、栗色や金褐色の模様がある。特徴は鳴き声が非常に長いことで、ホルスト・シュミットの『有用鶏・純血種鶏ハンドブック』にはこう書かれている。「この雄鶏は低音域で鳴き始め、徐々に高音域となり再び低くなる。鳴き声の最後にはいわゆるシュノルク、長い緊張のあとに息を吸い込む際の低音の『アアアアー』が生ずる。しわがれ声でカアカア鳴くのは忌み嫌われる」。この品種の雄鶏は鳴くときにほかの鶏のように立ったままではなく、前に進む。頭部をどんどん下げ、鳴き終わりには嘴がほとんど地面すれすれとなる。

第二に、「ベルク地方のカラス」には、ほかの多くの鶏品種と同様に矮小種、つまり素人風に言えばミニチュアがある。

第三に、「飼育特別組合」とは、この動物の飼育に専念する人たちの組織である。

第四に、「ヘーネクレーエン」について。鶏の鳴き声は夜明けに判定される。通常の鶏はたとえば三十分間に何回鳴くかという頻度が基準になる。多くの鶏は百二十四回である。

＊6　ライン、ルール、ジークの三つの川に囲まれる山岳地帯。

以上）。

これに対して「ベルク地方のカラス」の場合には一鳴きの長さが基準になる（通常は十秒間以上）。

鶏の飼育についての過去現在は以上のようだった。これからもまたドイツの中心部でも周辺部においても、これまでとさして変わらないだろう。こういう話を聞いて楽しむのは容易だが、その奥には人間が生きていく中で、ある分野で本当の事情通になりたい、という願望が秘められているのだ。万事よく分かっている仕事や、そこにいれば人から尊敬される定位置を見つける、他人が知らないことを知る、ある理想を追い求める、そういう願望である。「ベルク地方のカラス」の矮小種の鳴き声を維持することも、そのひとつであろう。

ハンス＝ユルゲン・ラウファー氏は四十一歳で、本職はフォークリフトの整備工である。妻と二人の息子がいる。もとから動物とかかわり合ってきた。「人間は気分屋だが動物はいつも喜んでくれる。安らぎをもたらす」。彼は家禽組合の理事長であるだけでなく、兎の飼育組合の飼育管理者でもある。また矮小鶏と全兎品種の受賞者選考委員でもあり、カッセルでの連邦兎類ショー（本当にそういう名称なのだ）で採点もしている。組合内の葛藤にも、大筋を一本きちんと通してかたをつけた。さもなければ大混乱になっただろう、とのことであった。

われわれは庭に座って、ドイツ純血種家禽飼育者連盟の刊行物を拾い読みした。「二〇〇三年の品種」というヨコハマ矮小種*7に関する記事が目にとまった。この品種はキジのよう

＊7　矮小鶏の一種。とくに日本や横浜との関連はない。

に細身で、クリーム色の羽毛、赤褐色またはサーモンピンクの胸部、長い尾羽を持つ。エルツ山地のグロースオルバースドルフ[*8]出身のアルノ・バイリヒがこの品種の育種家で、彼なくしてはこの品種は生まれなかっただろう、とある。「彼は早い時期からヨコハマ種を矮小化する考えをはっきり持っていた」。記事の執筆者はやや悪のりして「この記事の読者はヨコハマ熱がうつるかも知れない。いったんかかると、この美しい矮小鶏から一生逃れられない」などと書いてあった。

この記事を読むと品種の名称だけでも次から次へと登場する。シュタインバッハー闘種鵞鳥、ナックトハルス矮小種、ドイツ帝国種、ベルリン・ラングラーチュゲ・テュムラー、ベルク・シュロッターケンメ矮小種、ヴェストファーレン・トートレーガー、チューリンガー・バルトヒューナー（ブラートヒューナー、つまりローストチキンではない！）、近代英国矮小闘鶏種……ああ、もう結構だ。

そしてどの品種についても組合や特別組合がある。また同業者による自治的な名誉裁判規則が三十条にも及び、連邦名誉裁判所は三部編成であり、「純血種家禽ショーにおける鶏卵評価実施要綱」なるものがあり、さらにはドイツ純血種家禽授賞選考委員連合会の定款・諸規定まである。そして組合には常に口やかましい理事長、副理事長、会計参事、飼育管理人、青年管理人等々がいる。ここにも常に口やかましいドイツ人がいる。

＊8　エルツ山地はザクセン州南東部、チェコ国境に近い山地。グロースオルバースドルフは同山地東部の小村。

ローゼお内儀さん

―問答有用―

国境の両側に住む二人のお内儀さんが登場する。

まずローゼお内儀さんであるが、彼女は一生涯を通じて、ベルリン北郊のミューレンベック村に住んでいた。もう一人のお内儀さん（仮にXさんとしておく）はベルリン市内の北のはずれの村、ヘルムスドルフに住んでいた。もともとミューレンベックとヘルムスドルフの間は、のどかな牧草地とテーゲルという小さな川で隔てられていた。戦後のベルリン分割で、ミューレンベックは突然ソ連占領地区に編入され、その後東ドイツとなった。ヘルムスドルフは西ベルリン、すなわち西ドイツに編入された。両者の間は牧草地と小川ではなく、国境で隔てられることになった。

しかし、この国境は一九五三年ごろまではかなり開放的だったので、ローゼさんはある朝、ミューレンベックから国境を越えてヘルムスドルフに行き、Xさんの家の呼び鈴を押し、「掃除婦として働きたいのですが」と尋ねた。その後ローゼさんは、当時の多くの東側の女性と同様に、西へ行き、掃除婦の仕事をして西のお金を稼いでいた。

そこに忽然として壁が建てられ、西へ行けなくなった。十年の月日が流れ、ある朝、ローゼさんは再びXさんの家にやって来た。東ドイツ政府の突然のお達しで、年金受給者――ローゼさんもそうなっていた――は西を訪れてもよい、ということになったからである。

彼女は西へ来るたびに、東の人民警察のことでいきり立っていた。あの連中は、西へ行く老人たちに下劣きわまるやり方で怒鳴り散らすというのだ。彼女はいつも、自分の村から鳩の糞をポケットに入れて持って行った。これはミューレンベックにはふんだんにあるもので、Xさんはもうかなり年配になっていたが、庭の草花の肥料として重宝してくれた。

毎週ローゼさんは国境を越え、その都度、彼女は国境守備兵の同じ質問を心待ちするようになった。西への訪問そのものよりも、この質問の方が楽しみになるほどだった。出番を待つ女優のように準備をし、東での屈辱に対するすべての怒りをたった一語の答えに込めるのだ。ヘルムスドルフに着くと真っ先に、国境であの質問をされたかどうかを話した。守備兵はどんな様子だったか、今回はどういうイントネーションでそれに答えたか、その答えに対する先方の反応はどうだったか。

守備兵が仏頂面で聞く。「ポケットに何を持っちょるか」。

小太りでずんぐりした彼女は、顔をきっとあげて真実を言い放つ。「くそよ！　くそ！」*

＊原語のシャイセには糞便の意のほかに「畜生」や「ちぇっ」などの俗語用法がある。

ニック・ディ・カミロ
―ドイツ最初のピザハウス―

ドイツの地で最初のピザハウスの話、ニコリーノ・ディ・カミロの話である。

彼は一九二一年にイタリアの小さな村ヴィラ・マグナで生まれた。それはローマの東、アドリア海に面したペスカラ近くのアブルッツォ山地にある。彼の父はロバの荷車を使って、靴の商売をやっていた。この父の兄姉たちは、この地で稼ぐのは難しいということで、フィラデルフィアに移住していた。父もあとから行こうとしたが、できなかった。父の母、つまりニコリーノの祖母が許さなかったのだ。祖母は子供をみんな大アメリカに取られたくなかったのである。

それでニコリーノはフィラデルフィアではなく、アブルッツォで生まれることとなった。しかしアメリカ人が彼の一生を決めることになる。

ニコリーノとは小さなニコラ、ニコル坊やのこと。彼は成長して紳士服のセールスマンになり、兵隊になってロシアに行った。帰ってみるとイタリアはどん底で、職がなかった。

幸いなことに軍隊で運転免許を取っていたので、アンコナのイギリス部隊で口を見つけた。ペスカラの少し北になる。彼はトラックで補充交換部品やタイヤをザルツブルク、ミュンヘン、ニュルンベルク[*1]に運んだ。

一九四六年のある日、彼が働いている部隊が、イギリス占領地区となった北ドイツに移動した。ニコリーノも一緒のはずだったが、彼はニュルンベルクにとどまった。そこにアメリカ軍が駐屯しており、彼は司令部第七百七十七砲兵中隊付きの厨房見習いとなった。それは三月三十一日のことで、彼はそのときの労働許可書を今日まで保管している。

ニュルンベルクで彼は、シルヴィオ・コレッティという、アメリカ人のためのスペシャルサービス、軍隊娯楽関係の仕事をしている男に出会った。コレッティの父はアブルッツォ出で、アメリカに移住していた。なのでシルヴィオのイタリア語はニコリーノと同じアクセントだった。イタリア人同士が、異郷ですぐさま親密になるのは事実である。コレッティはもはやイタリア人ではなくアメリカ人だったが、早速南からやって来たニコリーノのために仕事を見つけてくれた。

ニコリーノはニックと呼ばれるようになった。

彼はフランケン地方にある軍の映画館をあちこち行ったり来たりして、映画のフィルムリールを運んだり、ときどきはニュルンベルク裁判の関係者を法廷まで送ったりした。コレッティはフュルト[*2]で兵隊たちのためのカントリークラブを開いたが、ニックはそこのド

*1　バイエルン州第二の大都市、戦後の国際軍事裁判で有名。

*2　ニュルンベルク北郊。

アマンになった。客を迎え、テーブルに案内し、椅子を引いて座らせる。

このクラブでは、イタリア系のアメリカ人やイタリアからの移民があちこちで働いていた。たとえばトリノから来たヴァレリオは調理係だった。クラブはステーキを出したが、何よりパスタとピザを揃えた。ピザ類は、当時アメリカの東海岸ではすでにかなりポピュラーになっていたが、西部ではそれほどではなかった。実際、イタリアからの移民はたいていニューヨーク、ボストン、フィラデルフィア、シカゴなど東部にとどまり、ピザ店を開いていた。

ニック・ディ・カミロも次第に自分のレストランを開くことを考えるようになった。「いつもそのことが頭にありました」。彼はこれまでにブロークンなドイツ語にイタリア語をさしはさんで話すようになったが、イタリア人のこういうミックス言葉をドイツ人は大変好むのだ。そのほかには英語もよく話す。ドイツに来てからもう六十年も経つというのに、まだ英語である。

しかし、そのような店を持つことはできなかった。当時のアメリカ人は旧敵国人と親密な関係を持つことを禁じられており、レストランも旧敵国系の店に行ってはならなかったからである。

一九五〇年に、ニックはヤニナ・シュミットというドイツ人女性と知り合った。彼女は当時十八歳で、ニュルンベルクのオペラ座の踊り手だった。彼が彼女に声をかけたところ、あっさりと承諾した。とにかく最初の機会に、である。そしてそれは一度きりだった。ヤニナ・シュミットは、当時は男性のことなど考えていなかったと言う。ましてイタリア人である。当時ニックはドイツ語を全く話せなかったから、二人はしまいには英語で話した。現在、二人はドイツ語、イタリア語、英語のちゃんぽんを使っている。結婚して五十年になる。

ヤニナ・シュミットは学校で英語を習った。彼女はヴュルツブルク[*3]の出身だが、一九四五年三月十六日にこの町が爆撃によってほぼ完全に破壊されたので、母と一緒に田舎に逃れた。まず最初にランダーザッカー、次にオクセンフルト[*4]だった。ある日、彼女が牛の曳く荷車に乗っていたとき、敵機が低空飛行で執拗に攻撃してきて、皆、塹壕に隠れなければならなかったこともある。オクセンフルトでしばらく学校に通ったときは、叔母のところに寝泊まりした。ある日の夕方、扉の外に雲突くような大男の黒人アメリカ兵が現れた。家の大人たちは英語が全くできなかったので、彼が何を望んでいるのか分からず、ヤニナを呼びに行った。十三歳の彼女はもう床についていた。呼び出された彼女は小さくか細く、白いシーツをまとい、全身で震えていた。

黒人兵は紅茶を飲むのでホットウォーターが欲しいと言った。

「この人、お湯が欲しいだけよ」とヤニナはどもりながら言った。

彼はこの震える少女に会って、少なくとも彼女と同じくらい驚いたのだ。彼は彼女に

＊3
バイエルン州北西端。

＊4
ランダーザッカー、オクセンフルト、いずれもヴュルツブルク南方。

ハーシーの棒チョコレートを一本与えた。

「あれが私にとっての最初のアメリカ人でした」と、今の彼女は言う。当時、国中でドイツの子供たちは「最初のアメリカ人」に出くわしたのだ。

十八歳の彼女は美人だったが、今でも素晴らしい中年女性のひとりである。華奢ながら頑健で、身のこなしにも身なりにも隙がない。彼女に寄り添うニック・ディ・カミロは八十二歳で、非の打ちどころのない着こなし、鼻の下のクラーク・ゲーブルばりのちょび髭、この年齢でこんなに見かけのよい男性はいないだろう。

「当時彼には女性みんなが熱中していました」と彼女は言う。

最近では、夫妻はときにはヴュルツブルクに、ときにはガルダ湖畔[*5]に住んでいる。今はこうして、ここのテーブルに隣り合わせに座り、二人の間にあるものはすべて波長が合っているように見える。いらいらしたりせず、お互いに見つめ合い、答え合っている。本当の調和であろう。昔、アブルッツォ出のひとりの男とひとりのフランケン美人が出会ったのは偶然だった。古今東西のあらゆる混乱や騒動のおかげで、こうした偶然が起こりうる、と時折思う。あるいはそもそも、世の中をなんとか我慢できるものにしているのは、まさにこうした偶然なのだと。

すでに述べたように、二人は結婚して五十年になるが、当時ニックはヤニナと一緒にヴュルツブルクの彼女の両親のところに行った。彼女は両親に彼を紹介したが、彼とヤニ

＊5　イタリア、ミラノの東。

ナの両親はお互いの言うことが理解できなかった。しかしお互いに好感を持った。「私の両親は気が若かった」と彼女は言う。伯母が一人いて、彼女は最初こそ熱心ではなかったが、のちにはニックは「この世で最高の男」だね、と機会あるごとに話していた。

ところで彼が持ちたいと思う店のことは、その後も脳裏を離れなかった。

一九五二年、ヤニナ・シュミットの両親の家から遠くないところに、ひとつの物件を見つけた。エレファンテン小路の背の低い小さな家で、ヴュルツブルクで破壊を免れた数少ない建物のひとつだった。雨あられと降る爆弾の下で、なんとか身をすくめて生き残ったのだ。ここには、いっときウッフェンハイマー・ブロイシュテユープル[*6]という店があったが廃業され、その後は靴の倉庫になっていた。ニック・ディ・カミロは義父と一緒に家主のビール醸造所を訪ね、彼の計画を説明した。客にどんなものを出すのか、と聞かれた。

「たとえばピザです」

「ピザって何だ」

とにかく契約にこぎつけた。醸造所の所有者でもある元店主は、今後も店の名前はウッフェンハイマー・ブロイシュテユープルとすること、ビールを売ることを要求してきた。

一九五二年三月二十四日、ヤニナとニックは彼らの店を開いた。売上げは初日が二十七マルク、二日目が三十五マルク、三日目が二百マルクだった。六か月経ったとき元店主が電話をかけてきて、店の名前はご自由に、ただし、あんたたちでこのまま続けてくれ、と

＊6 小さなビヤホール、の意。

言ってきた。二人は「サビエ・ディ・カプリ」という名にした。サビエは砂という意味で、近くにある「ザンダー通り」[*7]というヴュルツブルクで誰もが知っている通りの名前から取った。そしてカプリは、全世界で通用するイタリアのシンボルである。ただし二人ともカプリに行ったことはなかった。

彼らの出したものは、肉だんご入りスパゲッティ、これはアブルッツォ風のもの、それともちろんピザ、これはアメリカ人の好みに合わせ、生地を非常に薄くして具をできるだけたっぷり乗せたもの、などであった。最初の何年かは、ドイツ人ではなくアメリカ人が大事な客だった。ドイツ人は懐が淋しく、またイタリア料理を敬遠していた。

アメリカの兵隊たちは最初からカプリに来ていた。ニックの持っている一葉の写真には、彼と四人のアメリカ人が腕を組み合って写っているが、皆イタリア出身である。たとえばそのひとりはデ・フラヴィオである。何十年かのちに、四人はサウスキャロライナのどこかで落ち合い、思い出を語り合った。そしてニックのところに、太ったアメリカ市民四人の写真を送ってきた。

ニックはヴュルツブルクのタクシーが客を連れて来ると、必ず運転手にチップをやった。彼は顔の広さにものを言わせた。カントリークラブにいたトリノ出身のヴァレリオは調理人になってくれた。ニックは兵営でピザパーティーを何度か開き、そんなときには、気前よく食事をただで振る舞った。ついでながら、彼はこうしたパーティーのためにピザ運搬

＊7　砂の、の意。

JTAL. SPEZIALITÄTEN
SABBIE DI CAPRI

用の段ボール箱を作ったが、ニックが宅配ピザ用ケースの発明者かも知れない。いずれにせよ彼は自分がドイツで最初のピザハウスを開いたということを何十年も、そして今でも主張している。その故をもって彼は多くの表彰を受けたが、とくに「共和国騎士賞」の受賞については誰も異議を唱えなかった。当然であろう。

ところでドイツ人はいつ来たか。トマトとチーズをそえた「ピザ・スタンダード」と、それにサラミとキノコを加えた「ピザ・デラックス」をいつ食べたか。

かなり長くかかった。ヤニナ・ディ・カミロの言うには、女性が先に新しいものに慣れ、男性は時間がかかる。まずアメリカ人がドイツ人娘を連れてくると、次にはその娘が家族と一緒に来る。最初のドイツ人常連客はツィンマーマン博士で、近くに住む弁護士だった。今日にいたるまで「ピッツァ・カルペンティエーレ」、つまり「ツィンマーマン[*8]のピザ」が彼を思い出させるのだが、それはピザ・デラックスにアンチョビーを加えたもので、ツィンマーマン博士の好物だったのだ。

五〇年代の中頃、夫妻は初めてカプリに行き、青の洞窟を見た。帰ってきたとき、店の地下にこの青の洞窟を模したものを造ろうと、固く心に決めた。一九五六年まで地下には暖房用の石炭やあれこれのものが乱雑に散らばっており、物置同然だった。上のレストランは狭く、テーブルは七つしかなかった。

近所にヴィリー・ハースという整形外科医がいて、ギブスで歩ける人たちに作業療法を

＊8　ツィンマーマンは大工の意で、イタリア語ではカルペンティエーレ。

CAPRI
RESTAURANT
H70-454

施していた。ニックは彼らを雇い、トマトの段ボール箱を切り刻んで作った紙の軟塊と石膏で洞窟を作らせ、青く塗った。バーはヴェネツィアのゴンドラ風に仕立て、何本かの室内煙突はローマの円柱のように装飾した。

現在でもこの様子は変わっていない。「すべて私のファンタジー、私の発想で、誰の力を借りたわけでもありません」と彼は言う。ずっと以前に、ドイツ人はフォルクスワーゲンのカブト虫に乗って南に旅をし、イタリア人は北のドイツにやって来て、そのカブト虫を生産し、アイスクリームパーラーやピザハウスを開いた。客はこの店に来ると、そういう時代の夢の中にいるように感じている。

それはちょっとの間、自分の国の子供時代に触れるような感覚である。もし国に子供時代があれば、の話だが。

戸口の扉にはSalve[*9]と書いてある。階段の壁は、有名なルーパート・シュテックルが描き、のちにある賃借人が上塗りをさせたという。信じ難いが本当らしい。

ニックは写真と昔の来客記念帳を持ってきた。最初の記帳者は一九五二年八月二日、マンガネリ中尉で、「成功と幸福を祈る」とある。そのあと有名なバイオリニストのヘルムート・ツァカリアスが来て「あなたとスパゲッティは、この世での神の最高の贈り物イタリアを実現する」と記した。一九五五年四月である。同じ日に、当時国中に知られていた「トラベラー三人組」も客となり、短い詩を書いた。

＊9　幸あれ。

「ありがとよニコリーノ
君の赤ワインはなんて素晴らしいんだ
また飲みたいからここにやって来るよ
もっと注いでよ乾杯だ」

かのビング・クロスビーの三人の息子も記念帳に載っている。三人ともドイツ駐屯の米兵で、二人はシュヴァインフルトの第十六歩兵師団に属し、一人はフランクフルト・ヘキストにあるラジオ放送局AFNにいた。写真の人物は、ベルンハルト・ヴィッキ、ファイト・レーリン、ロリータ、フェー・フォン・ツィッツェヴィッツ（一九六七年、ミス・ドイツ）、ロッコ・グラナタ、ルー・ファン・ブルク、グス・バックス、ニコレ・ヘースタース[*10]である。彼らの多くが客演したホールがいくつか近所にあり、彼らは客演後ヤニナとニックの店で食事をしたのだ。

ニックは夏、アドリア海沿岸を旅し、観光地リミニなどで店内のジュークボックスのかたわらに立って、ドイツ人がどういうイタリアの歌を選ぶかを観察した。彼はそのレコードを買い、自分の店で聞かせた。ヴュルツブルクの人たちが休暇から帰ってきてカプリに行くと、過ぎ去った夏の愛好曲が聞けるというわけである。

＊10
ヴィッキは映画監督、レーリン、ヘースタースは俳優、ロリータ、グラナタ、バックスは歌手、ブルクはショーマスター。

二人は年々売上げを増やした。常に上り坂だった。毎日、朝から夜遅くまで働いた。やがて二人はカプリの入っている建物を買った。そのときはある歯科医のものだった。すでに五〇年代に、弟のジュゼッペがイタリアから手助けに来ていた。ニック夫婦には子供がなかったが、ジュゼッペには三人いたので、一九七一年にカプリを彼に譲り、町の中心部のドミニカーナー通りにボローニャという店を開いた。「この通りは現在、何といったっけ、そう、『歩行者専用区域』というんだよね」。二人はこの店を十年経営し、それを最後に引退した。

後継者は給仕上がりだったが、あまり幸運に恵まれず、結局店をたたんだ。そこは今は「ピザハット」になっている。カプリの方は現在、ドイツ人妻を持つルーマニア人のものとなっている。しかしメニューは、かつてのニックのころとあまり変わっていない。ニックはこれまで同様、今でもよくこの店に行き、好物の肉だんご入りスパゲッティを食べるのだ。

さて、そろそろ午後四時である。カプリの客はわれわれだけだ。ニックはこんな話をした。あるときひとりのアメリカ人が来たが、ニックの名刺を持っていた。そのアメリカ人がペンシルバニアのハイ・ハット・タバーンというレストランに行ったとき、店主と話し込み、店主はしまいにはドイツで最初にピザハウスを開いたイタリア人の話をして、ニックの名刺を見せた。そのハイ・ハット・タバーンの店主とは誰あろう、昔カントリークラブでニックに仕事をくれたシルヴィオ・コレッティだったのである。

ドアが開きひとりの若者が入ってきて、口ごもりながら店主のことを尋ねた。

ニックは今休憩だから上に行っている、もう一度出直して来てくれないか、と聞いたが、
その男は言葉が分からず、突っ立ったままだった。

ニックが「君はイタリア人かね」とイタリア語で聞いた。

男の顔はたちまち明るくなって、スィーと言い、すぐイタリア語で話し始めた。職を探
していること、だから店主と話したいこと、云々。

「あとでもう一度来なさい。幸運を祈るよ」とニックが言った。

男は去った。「やつは夕方にまた来るよ。うまくいくだろう」。

ドイツで幸運を探すひとりのイタリア人。それはまた別の時代の別の物語である。

50 周年記念日（2002 年）。
ヤニナ夫人とヴェルツブルク市長。

デュースブルク
—失業の断面—

午前九時、ヨストさんは朝食をすませた。われわれはデュースブルク市の中央地区にある失業センター[*1]の半地下階で長いテーブルに座って、ゼンメル[*2]を食べながら、道行く人の脚を大きな窓から見上げていた。

ヨストさんは五十五歳で子供が三人いる。実業学校で事務補助者課程を終え、そのあとアビトゥーアを取り、大学で勉強し、英語と哲学の第一次国家試験に合格した。その間に一度離婚した。現在は、外国語セールスウーマンと家族療法士の資格を持ち、目下教育学士号を取るべく卒論執筆中である。

そして彼女は今失業中である。

詳しく言うと、雇用創出措置に基づき、失業センターのあるホーホフェルト街区[*3]のリーダーとして、催し物、小講演会、討議、セミナー、相談会、レクリエーションなどを企画実施している。また現に失業している人々の世話もしている。[*4] たとえばクラウディアだ。

＊1
ライン川をまたぐデュースブルク市は人口五十三万人、ハンブルクに次ぐドイツ第二の港町で、昔から鉄鋼業の中心都市であったが、最近の産業構造の変革によって二万人以上の失業者を出すなど、厳しい環境にある。失業センターはノルトライン・ヴェストファーレン州の助成による失業者の相談窓口的なもので、これに対して後出の職業安定所は連邦雇用庁が管轄する公的窓口である。

＊2
皮の固い小型の白パン。

彼女は本職は設備敷設工であるが、これまでいろいろなことを手がけてきた。とくに注目すべきは、当時の夫と一緒にガンビア[*5]にホテルを建て、経営してきたことだろう。彼女はいつも仕事を自分で探してきたので、引っ越しも数知れず、なんと三十回に及ぶという。しかし一年前に最後の職を失ったあとは、それきりになった。そこで職業安定所に行ったが、「仕事そのものがないんだからどうしようもないわね」。デュースブルクには失業者が三万三千人いて求人が一千しかないのだ。

クラウディアは一年前に気がついたと言う。「全く、昔と様変わりだわ。今のドイツは経済国家じゃなくて老人ホームになったみたい。ほんの数年の間に何もかもがものすごく変わったわ」。すでに六十回もあちこち申し込んだが、だめだった。

ごく最近になってあるホテルのルームメイドの口があった。一日は無給の試験雇用だった。「掃除器具は使いものにならないくらい粗末」で、キューバ人、ロシア人と一緒だった。求人広告には月千五百ユーロとあったのに千二百と言われた。それでもその条件を飲まざるを得なかった。追って通知する、と言われたので彼女はそれを待つことにしたが、結局それきりになったそうである。

クラウディアは言う。「みんな親身じゃないの。他人事なのよ」。

彼女はそのことを、ある友人の場合に生々しく経験した。その友人は二十年間、ある商店の売り場で働いていたあげく、辞めさせられた。彼女は職業安定所に行き、あるセルフ

＊3
市は地区に分かれ、地区は街区に分かれている。失業センターは中央地区のホーホフェルト街区にある。

＊4
雇用創出措置は、市町村等の公的機関が失業者を一定期間雇用する措置で、とくに高齢者、職業教育を受けていない若年者、研究者、長期失業者などが対象となる。職種は社会奉仕、環境整備、一般事務など、予備知識の比較的少ないものとされている。本文のヨストさんも対象者のひとりのようである。

＊5
アフリカ西部の共和国。元英領。

「失業手当・失業補助の削減反対！　政府公約の財産税導入実現！」

サービス方式のパン屋での半年契約の仕事を見つけた。彼女はうまく仕事をこなし、新入りを教育するまでになったが、半年で終わりになった。クラウディアが言うには、そこの給与体系によると半年後には昇給するので、半年ごとに入れ替えをするというわけである。しかしその友だちは望みを捨てなかったという。辞めた日の晩、クラウディアと食事をした。「彼女はひとつのことしか見ていない。いつもそうなの。そんなことを二、三度経験すればいくらかやる気も失せるけれど、基本は変わらないわ」。

親身か他人事か。私がいろいろ繰り返し聞いても、答えはぶっきらぼうだ。相手との間に距離があって、どうしてもそれを越えられない感じだ。クラウディアが言うには、メディアはいつも失業者を怠け者扱いし、本当に働きたい人は何かしらの機会をつかめるものだ、と言う。「人間のくずのように扱われる」。家族と一緒にいてもよそ者扱いされる。いろいろな機会をともにすることもできず、誰からも誘いがかからない。こちらからちょっと図々しく何か仕掛けたりもできない。「失業者の現実はこうなのよ、と言っても、そんなことはないだろうと言われる」。

クラウディアは言う。「失業者の大半は外の世界との接触を断ち、自分が失業中だと言うのが怖い」。月に一度職業安定所の前で失業者のデモがあるが、「デュースブルクにこんなにたくさん失業者がいるのに、二十人以上参加したことはない。みんなどうしようもなくなってからやっと失業センターにやって来る」。最近あるデモのとき、車が一台スピードを上げてデモの列の真ん中に突っ込んできた。しかし何事も起きなかった。やれやれである。

カティアが来てテーブルに座った。週に一度開かれる市での荷物運びを終え、モペットでやって来た。五十二歳、ＩＴのセールスウーマンで以前は仕入販売に携わり、輸入業務専門員となったこともある。息子が二人、上は大学生、下は十歳の小学生だ。夫は生活費を払ってくれない。彼女のコンピュータの知識が役に立ち、二人の人に有料で教えている。職業安定所の承認を得て月百六十七ユーロの追加収入を得ている。それを越えると生活補助が打ち切られる。

下の子は最近学校の遠足に行けなかった。福祉事務所で、最近三か月間の銀行口座の残高通知書を提出しなかったので、もらえるべき補助金の支給を停止された。それで物産市で働いている。銀行の口座書類を提出するなどということは、人間の尊厳を傷つけることだと彼女は思っている。彼女は言う。「福祉事務所に来る人の八十五パーセントは正直で、十五パーセントは嘘つきです。でもこの十五パーセントがいるからといって、役所のやり方が正しいとは思いません。脱税容疑で銀行口座を調査するときだって、裁判所の決定が必要でしょう。私たちの場合はそんなものがなくても当然、というわけです。隅々まで探られるんです」。

そこへアンゲーリカも加わった。彼女の髪は短くて白く、顔は青白く、ときどき肺が奇妙なゼーゼーいう音を出していた。彼女は癌を患っており、いつも障害者向けの体操レッスンに参加している。そのレッスンは八時に始まる。バスの便数が大幅に減らされ最終は七時半なので、レッスンが終わってから家に帰ろうにも帰れない、そのことを書いてくれませんか、と彼女は言う。

ヨストさんが静かに言った。「彼はミュンヘンの人なのよ。書いてもらっても効果はないわ、アンゲーリカ」。

失業者は十分な教育を受けていない、というのが決まり文句だとヨストさんは言う。しかし彼女は何年かの間に約三十の資格を取ったそうである。「私と資格四重奏曲を弾けますよ」。しかし彼女は、相変わらず雇用創出措置を頼りに仕事をしたいと言う。この措置によると、原則として一年間就労できる。「期間ぎりぎりまで馬車馬のように働いて、いい評価をもらいたいです」。しかし一年後には終わりとなる。と言うのは、この措置が組み込まれている制度全体の予算が不足していて、すべての人を長期的に雇用することができないのだ。それでもやはり「ＡＢＭ[*6]は有効だと思います。国が予算をつけている雇用セクターには多くの失業者が期待しています。今のところこれだけが仕事にありつく支えです」。

デュースブルク・ホーホフェルト街区。それは巨大な制度の末端である。この末端には今や多くの希望はなく、むしろこの制度との戦いがある。その戦いが人々を、その言葉ま

＊6 雇用創出措置。

でも型にはめてしまう。ヨストさんは私が知らない略語をどんどん使う。話題はさまざまな要求事項、再教育、移行期の支給、新しい規制、ＡＢＭ、ＰＳＡ、[*7]ＳＧＢ等々。[*8]それらが大事なことは分かっているし、理解しなければならないと思うのだが、やはりよく分からない。といっていちいち聞くわけにもいかない。

私は席を離れた。

バスのことを考えるのだった。そのことを書かなければならない。アンゲーリカは体操が必要なのだ。

ヨストさんは失業センターの催し物の日程表を渡してくれた。平均どれくらいの人が集まるのかと聞くと、二十人から三十人ぐらいで、一番たくさん来たのは「不安と上手につきあう」というテーマのときで四十六人だったとのこと。

昼になった。彼女は職が見つからなければ博士号を取りたいと言う。これからケーキを焼くそうである。

＊7　職業紹介企業。
＊8　社会福祉立法。

牧師

チューリンゲン州のドルンドルフの古い牧師館に行くと、時が流れている、しかも場合によってその速度が全く異なっている、という感覚を覚える。私はこういう場所をほかにはあまり知らない。

ここの人たちは長い歴史の一部であること、その歴史は数年、数十年、数百年にわたっていること、その中には昨日があり一昨日があり、明日があり明後日があるということ、ここに来るとどうしてもそういう思いに駆られる。すべては、あるときは大変早く、次には大変ゆっくりと進む。常にそのまま変わらないものがある一方、絶えず変わっていくものがある。そしてわれわれは今日、全く偶然にこの歴史の流れにかかわるのである。

この地でのこういう感覚はどこからくるのか。

いくつかの理由がある。第一に、たとえばこの牧師館のテラスから、ザーレ川[*1]の向こうの、そしてイェナ[*2]からナウムブルク[*3]への街道とICE[*4]の線路越しに、急斜面の山を見上げ

＊1
エルベ川の支流。
＊2
チューリンゲン州、ザーレ川に臨む古くからの大学都市。光学機器産業の中心でもある。人口約十万。
＊3
ザクセン・アンハルト州南端の小古都。人口約三万。
＊4
都市間超特急。

ると、岩壁の稜線にドルンブルクの三つの城が見える。それぞれ別の時代のものだ。右の古城は、東ドイツ時代にはキューバ人労働者の住居となっていたが、もとはと言えば神聖ローマ帝国の王でのちには皇帝になったオットー大王の宮殿だった。十世紀の五十年代のころである。真ん中のロココ風の城は、十八世紀にザクセン・ワイマール・アイゼナハのエルンスト・アウグストによって建てられたものである。なお彼は、かのカルル・アウグスト大公の祖父にあたるが、ゲーテはこの大公のワイマール宮殿の枢密顧問官であった。ゲーテはしばしばここに来て、この城に泊まった。そしてすぐ左がルネッサンス様式の城である。ゲーテはのちにこの城にも滞在したが、この城は「古臭い箪笥のように」見える、便利ではあるが「外観に構わずに中身中心に造られている」と書いている。

そのことはあとで触れるが、この城が一五三九年から四七年の間に出来たことだけ述べておく。

第二に、この牧師館自体は出来てから間もなく三百年になるが、そばの教会も牧師館より二十一年新しいだけであり、大変美しい農村の教会である。「橋詰めの聖ペータース教会」と呼ばれ、中には使徒、教父、[*5]預言者など四十八点の肖像画がある。ほとんどすべてが同じような白い頰髭をたくわえ、木彫りの洗礼天使を見上げている。この天使には左足の親指がない。さらに祭壇の後ろ上方には、シーザーのような頭部と官能的な目を持った天使たちがいる。この教会では著名な人たちが何世紀にもわたって説教をしてきた。たと

*5
古代キリスト教会の神学者。キリスト教の教理を体系化した。

えば一九二五年から三一年の間はフリードリヒ・ゴーガルテンであったが、彼はのちにブレスラウとゲッチンゲンで教授になり、当時最も名の知れた福音神学者のひとりであった。ゴーガルテンの二百年前にここで活躍した牧師代理は、クロップフライシュというきれいな名前の人で、ゲーテ自ら認めたとおり、「全く魅力的な聖職者」であった。

そのことは後述する。現在の牧師はペーター・オーバーテューアで、すでに十八年間この職にある。

第三に、この教会では世の中から隔絶された時間が流れているという感覚は、たぶん、私自身が何年かの間ここに、あるときは短かく、あるときは長く滞在したからでもある。私は、何が変わったのか、そして何が残ったのかを見てきた。またまさに子供じみた思い出を胸に抱いている。たとえば私は十年以上前、日曜日に礼拝招集の鐘を撞くことを許された。鐘の綱で強く上に引っ張られると手を擦りむく。毎日曜日に鐘を撞いていたフィーツェ老婦人の巧みさに感心したものだが、彼女も今は亡い。

ここは、完全にまがうことなくドイツ的な場所のひとつである。なぜかはよく分からないのだが。

私が最初にドルンドルフに来たのは一九九〇年一月であった。東西ドイツの国境が開いてから、いくらも経っていなかった。イエナからナウムブルクへ向かって車を走らせていた。通りすがりに、ある工場に立ち寄った。かつて工場だったように見える何か、と言うべきかも知れない。くるぶしまでぬかるみにはまり込みながら、敷地を歩いた。五十メートルの長さの錆び果てた回転炉、木製の蔽いが破壊されたコンベア、セメントで塗り固めたらしき作業場、旧式な建物の廃墟、灰白色の粘液があふれ出ている煙突、錆だらけの貨車。

ここはピーステリッツ農業化学コンビナート国営企業の第五部門に属するコスヴィヒ化学工場である。ドルンドルフの隣村の名を取って、シュトイトニッツ化学工場とも呼ばれる。

東ドイツはここで肥料を製造していた。私が訪れて真っ先に考えたことは、かくも身の毛がよだつ舞台装置で、なお人間が働き、何かを生産しており、そこが稼働中の工場だと言うのなら、東ドイツはおしまいだ、ということだった。こんなことが長続きするはずはない。終局である。

当時、故障の絶えない濾過装置を通じて、毎年三千トンの粉塵がザーレ川流域に排出された。この粉塵は浸食性の強いものだったので、村々の家の窓枠が変色するほどであった。流域二十キロ以上にわたって、蜂が一匹もいなくなった。鼠より小さな哺乳動物は消えてしまった。空気中の塩酸で、教会のスレート屋根の釘が腐食した。窓ガラスがざらざらになった。屋根瓦は鼠に喰われたようになった。労働者は鼻血に苦しんだ。作業場の後ろの傾斜地の果樹は枯れ果てた。そして肝心の肥料の品質は極悪だったので、畑に散布すると塵のように飛散した。トラクターも見えないほどだった。肥料が水気を含むともとの化学成分に逆戻りした。

こうした話はすべて、オーバーテューア牧師から聞いた。彼は、すでに東ドイツ時代から組織されていた住民運動のリーダーとして、工場に反対していた。私はナウムブルクに行く途中、一晩、彼の牧師館に泊まる機会を得たのだ。詳しくはあとで述べる。

異なる世紀に建てられた三つの城、連綿と続く牧師の系列の中のあるひとりの牧師、肥料工場。この工場は現在、完全に環境と共存できるセメント工場となり、その所有者もエコロジーに大変敏感な人である。かつての草原は建築現場になった。牧師館と教会は老朽化するままに放置されたりせず、改修された。チューリンゲンのドルンドルフでの時の流れをざっと見ると以上のとおりである。

ところでゲーテは実際、頻繁に当地を訪れた。二十数回、ときにはシラーと一緒に。一八二八年の夏には二か月近くも、ドルンドルフの岩山の上のドルンブルク城に滞在した。そしてこの地域について、非常に魅力的で大好きだ、と最高の賛辞を手紙に書き残している。また城のまわりのバラの園亭は「妖精のよう」であり、城は「ぬくもりのあるよき場所」であるとも。彼はここで詩作もした。たとえば一七七六年のこの詩は、インクも乾かないうちにシャルロッテ・フォン・シュタイン[*6]に送った。

「私はどこにいても心がさわぐ
遠い空のかなたの

*6　ゲーテがワイマール宮廷に出仕したころに出会った主《しゅ》馬頭《めのかみ》の夫人。ゲーテは彼女と結びつくことが許されないことに悩みながら、女性の理想像を求めたと言われる。

優美なザーレ川
私から去らぬのは
世の憂きことと
おん身への愛」

それから三年の間、ゲーテはドルンブルク城で戯曲「イフィゲーニエ」の執筆に取り組んだが、かたわら領主の命令で新兵の選抜に当たった。これは誰にとっても愉快な仕事ではなかったが、ゲーテは、農民の息子たちを慣れ親しんだ田畑から連れ去る結果はどうなるか、見通していた。戦争で放火略奪をほしいままにしたあと、平和な仕事に戻ることはなかなかできないので、結局みじめな死に方をするのだ。一七七九年三月三日、城で彼は日記にこう書いている。「選抜。その後新しい城でひとり『イフィゲーニエ』を書く」。

その前日、彼はシャルロッテに城から伝えている。「作品は形が出来てきました。内容も整いつつあります。明日は選抜の仕事があるので、そのあとは城にこもって、数日は登場人物を念入りに仕上げます。今、私は世の中の人たちと暮らし、一緒に飲食をしていますが、私の内面的な生活は確固として自らの行く手に向かっていますので、彼らを追いかけてはいません」。これはやや奇妙に響くが、彼のここでの生活はいろいろな面で確固としてわが道を歩むものだったのだ。

ほぼ五十年後の一八二八年、ゲーテはあるとき下の牧師館の客となり、前述した牧師代理のクロップフライシュに迎えられて、牧師館の庭にある赤い葉のブナの下で養蜂を見物した。クロップフライシュは、この蜂は刺しませんと請け合ったが、一匹がゲーテ目がけて飛んでくると、彼はあわてて前言を翻して叫んだ。「閣下、その一匹は請け合えません！」　すると当時すでに七十九歳のゲーテは、「青年のような敏捷さで花壇を二つ飛び越えて、幸いにもこの危険から逃れた」そうである。女友だちベルタ・ヴェーバーが伝えている。

そんなわけで、今この牧師館の庭には、かつてゲーテが敏捷に蜂をよけたときのブナの木が、大きな老木となってまだ残っている。

現在の牧師ペーター・オーバーテューア、四十四歳。私が彼を知ったとき、彼は三十一歳で、怒りっぽい人だった。肥料工場だけでなく、常に東ドイツの体制そのものに反抗していた牧師たちのひとりである。当時彼は、牧師になったのはいわば隣人愛的な理由によるのだ、と言っていた。「私は自分は抵抗することができる男だと感じていました。その力によって何かを人に与えていこう、と思いました」。

彼は説教の中で「社会主義国家の許すべからざる不正」を糾弾し、「だからこのようなやり方で統治し人間をあしらうことは、必ずいつかは終わる」と呼びかけた。一九八九年の地方選挙の際には、投票所に乗り込んで開票集計手続きを監視する一員となった。通常

は追い出されたが、ときどきは否決票を数えることができ、その結果をチラシに公開し、選挙結果の改竄を証明することができた。否決票は実際よりはかなり少なく公表されるからである。

当時、しばしばシュタージの連中が牧師館に来て押し入り、脅迫した。一九八九年一月のある朝、ゲーラ*7に連行され何時間も尋問された。そのとき彼は「信仰がなんという力を与えてくれるものか」を経験したという。「彼らは私に何もできない、主はどこか別の場所におられる、と絶えず思っていました」。しかしその後は不安な毎日だった。彼の妻にとっては耐え難いことだった。当時二人の子供がいた。今は四人である。

ある日のこと、彼のトラバント*8のハンドルを固定しているボルトがなくなっていた。何者かにエンジンをまるごと外されたこともあった。彼の身の上には何も起きなかった。しかし彼の友人の物理学者は、スパイとしてオーバーテューアを監視することを拒んだために、シュタージによってその科学者としての将来を閉ざされた。

そんなわけで、東ドイツでは教会はもともと片隅に追いやられていた。日曜日の教会には、時折僅か四人しか座っていないこともあった。教区民らしい生き方を広めることは困難だった。牧師は、教会の影響力が衰えたこの地域では風変わりなアウトサイダーなのだった。

彼のところには、おかしなことに、教会には全然来ない人たちがやって来て、いろいろ

＊7　イェナの東の小都市。

＊8　旧東ドイツ製の小型車。

と嘆きや苦情を訴えた。彼がそれを他言したりしないこと、またいつも時間を取ってくれることを、人々は知っていたのだ。

彼は一方では、職務上電話と家屋と車を持っていたから、特権階級であった。しかし他方では、彼の収入はきわめて僅かだったので、衣類は西からの寄付を頼りにしていた。たとえば有名な「ディアコニー靴」[*9]などもそうで、これを履いていると牧師同士遠くからでも見分けることができた。オーバーテューアが初めて自分でシャツとセーターを買ったのは、一九九〇年の夏だった。それまで自分のサイズも知らなかった。

こうしたことは彼にとってはなんでもなかった。彼は生活環境のよい西の牧師たちよりも、人々をいつも身近に感じていたと言っている。

九〇年代初頭は奇妙な時期だった。以前は、たとえばここチューリンゲンでビラを配ったりすれば、たちまち首都に筒抜けになることを覚悟しなければならなかった。人々は無力だったが、やっていることはいつも監視されていた。彼は言う。「束縛を断ち切ろうとあがいても、鎖は音を立てるだけだった」。

今や民主主義の大空間の中で、すべてが突然、顧みられないまま放置されるようになった。新しい、別種の無力感である。「言葉と文章の洪水に押しつぶされました。何か言い足したいことがあるか、と言われれば誰もが黙りました。そしてこの田舎住まい。私はまさにへんぴなところに来たんだと思いました」。

＊9　病人看護、貧民救済などの自発的または職業的な社会奉仕活動（新教）。

彼はしばらくはこれまでのやり方を続けた。政治にかかわり、あれこれの問題と戦った。「しかし労力の無駄でした。くるくる回る車の中のハムスターでした。かなり前から重要でなくなったことを追いかけていただけでした」。ある時点で彼は、社会を叱りつけるだけが重要なのではない、と考えたという。いずれにせよまずは新しい時代に身を置かねばならなかった。

他方では、突然、そして年を追うごとにいっそう、牧師はもはやアウトサイダーではなく、彼の言うには「ものものしい国家組織に属する尊敬すべき人物」になった。彼はもはや牧師ではなく、「牧師様」なのである。身分が高くなったことは彼の性に合わなかった。「私はむしろアンファン・テリブル[*10]でいたかった。今や、世の中に儀式を通じて対応するのが私の役目なのでしょう。そういうときでも、私は世間と摩擦を起こしていました。西だったら私はおそらく牧師にはならなかったでしょう」。

急にいろいろな仕事が押し寄せてきた。現在、彼は八つの村の六つの教会と四つの牧師職を担当している。たとえば家屋の貸借となると、その管理、水道の修繕、改修、資金調達、書類作成、申請などの面倒をみなければならない。彼は言う。「こうした実務的なことはたまたま私に向いています。でも私の本来の仕事とは関係のないものです」。彼は常に人々のために存在し、人々の側に生き、人々に時間を捧げる人になろうとした。以前村のある人がイェナで入院すると、すぐに見舞いに行った。

＊10　恐るべき子供たち。

彼は今、「東ドイツ時代はなんという貴重な隙間で生きていたのか」と感じている。よくそういうことができたものだと思っている。

「東ドイツの経済はまるで蝋人形館でした。今やっと西側になって、現実を取り戻しました」

一九九二年、九三年に彼にとっての危機があった。牧師を辞め、法律を勉強することを思案した。誰も勧めてくれず、警告するばかりだった。家族を養わなければならないじゃないか、と。

結局そのまま続けた。一九九七年まで郡議会に席を置いた。新しい職分で社会民主党側だった。妻のヨハンナは緑の党から、なんと州議会議員に立候補した。彼は数年間、チューリンゲン州の裁判官選出委員会で働いた。裁判官と検事はすべて東ドイツ時代の過去について審査されたが、裁判官の三分の一、検事の半数は辞職させられた。彼は、かつて民衆を苦しめた連中に、あっさりこれまでどおりやらせたくなかった。しかしそのことにかかわる人間ドラマも経験した。彼は言う。「否定する人もいたが正直に心中を打ち明ける人もいました。彼らはこれまで人々をだめにしてきたことを、目からうろこが落ちるように理解しました。こうした誠実さを目の当たりにすると、犠牲者の苦しみはすべて私にもはね返ってきました」。何かよいことをしてきたと信じ込んでいた手合いもいたが。

「私の目的は、決定を下すことよりも、自分の振る舞いを変えるための分別を高めることでした」と彼は言う。

彼は政治家になろうとは思わなかった。「適当に妥協する場面や忠誠義務が多すぎて、やりきれません」。そして「出すぎたまねをするな。自分が本当にできることをやれ」という意識が急に生まれた。

それは何だったのか。「私は何でも結構うまくやれます。しかし本当に正しくはできていない。牧師と同時にマネージャー、管理人、牧会者、そして人間なのですが、どれも少しずつです。徹底的にではありません。それが私の能力であり、私自身なのです」。

彼は次のように言う。「牧師に何かを望む人たちの年齢は変わりました。以前より若くなりました。生活の問題が比較的多くなりました。こういう問題は前はそれほどではありませんでした。中には現実性を欠くものもありますが、実態なのです。勤め口がなく、年金を心配しています。どこからも必要とされない人たちです。確かに三十通もの求職申し込みを書くといやになります。そうなると、社会制度を利用し尽くすことに夢と力を注ぎ込むのです。彼らすべてが生命を脅かされるほど危険な状態ではありません。こんな状況でもまあまあ幸福な生活を送ることができるでしょう。時として人は、もっと悪い状況に落ちないと、人生の中で何が本当に重要なのかを理解できないかも知れません。そうなると、人生の仕組みが大変単純なものだということが、よく分かるのです」。

彼は原始キリスト教上の基本的価値、単純さ、内的価値に思いいたった。東ドイツ時代は常に真実、正義、自由など社会の問題が重要であったが、今や個々の人間にとっての基本問題が中心となった。こうしたことは彼の神学上の立場に非常に近いものだった。

その立場とはどういうことか。

「要は壮大な神学の諸教義を棚上げにすることです。知識が豊富ということではなく、大変用心深い立場です。だから木靴を履いて遊歴したイエスに非常な親近感を覚えるのです。イエスは、神は子供の父であり、その父は腕を広げて、見捨てられた子供を待ち、ほかのすべてのことは忘れている、と見ていました。私は神学と道徳は切り離すべきだと思います。常に罪が問題なのですが、子供が帰ってきたとき、この父にとってほかのすべてのことは意味がなくなってしまうのです」

物事を単純素朴に受け止めていれば、生きていること自体を贈り物として経験することができるだろう。「生きるとは何か、いかに大きく、素晴らしいものであるか、を発見することが大事なのです」。また人はいつも、死ぬときのために光を集めなければならない。「なぜなら光を集めていれば、ある口暗闇への扉をも開くことができるのです」。

彼は十八年間ここにいる。「もちろん、私は葬儀などで全く別のことを言うこともできます。それは人々をよく知ってきたからです。ここに長くいれば、彼らのささやかな毎日の生活にかかわり合うことになるのです」。

彼は自分が土着の人になったと気がついた。「私がそうなるとは全く思っていませんでした」。そして、この小都市的で知的な環境と人々との親密な関係が、彼の性に合った。「隠れ家のようでもあり、十分な平穏を得ました」。あちこちの教会が改築され、とくに川向こうのロダモイシェルでは、エトカー財団*11の支援で教会塔を建てるまでになった。日曜日のミサの際には暖房が入る。いろいろなことが以前よりずっと簡単になった。彼の説教には四人ではなく十五人が出席する。イェナも遠くないし、まあまあの町である。イェナで仕事をしている学者たちの多くがドルンドルフに住んでいる。まさによい話ばかりだ。

彼はそうこうしながらも、いろいろと別の職場を探している。昔からいつも変わりたがっていた。これから先もう一度何かをするかも知れないし、ここにとどまるかも知れない。そしてある日、教会の年代記に、オーバーテューアという名の牧師の時代が四十年続いたと書かれるかも知れない。

＊11 Rudolf-August-Oetker-Stiftung. ルドルフ・アウグスト・エトカーは一九〇三年にベーキングパウダーの特許を取得している。

屠場の男

写真の男はヨハネス・エルゼマン、左下の牛は間もなく牛でなくなる。

彼が牛の脳天にボルトを打ち込むと牛はどさりと倒れ、左の後ろ脚に鎖をかけられ、吊り上げられて宙ぶらりんになる。そこへ別の男が来て左右の頸動脈を切断すると、切り開かれた首の中を通して向こう側の壁まで見える。大量の赤褐色の血が床に流れる。そして二時間後にはかつての動物は冷たい肉となり、二つに割られて鉤に吊される。すると白衣の男がおそらく「脂肪十分、もも肉良好、背部やや虚弱、肩部正常」などと宣告する。

牛肉とはかくのごとし。過去も未来も同じだろう。エルゼマンはボルトを打ち込む前、右手に持ったリモコンを使って牛の背後の扉を閉める。牛は死に場所で孤立する。左手で牛の気を鎮める。そして一撃。この間ものの十五秒である。時間が勝負だ。ストレスは肉の品質を落とし、牛を苦しめるのだそうだ。

エルゼマンは四十九歳の物静かな男で、一家の主である。ほほえみを絶やさず、質問へ

の答えは簡潔、顔は若干ピンク色だ。田舎に住んでいるからだろう。最近までは主として農業と畜牛を営んでいた。農場は相続で得たが、食べていくだけの広さがなかった。そこですべてを賃貸しとし、屠場の仕事を始めた。彼は動物と一緒に育ったから、それなりに動物を理解していた。そして今、毎日その動物たちを殺している。今日は牛、明日は豚。電気鉗子を頭部にあてがうと動物は何も感じなくなる。

動物を殺す男は動物を最もよく知っている。彼はいずれにせよこの屠場で、動物に起きていることを感じ取り、動物に安らぎを与えなければならない。

十一月某日早朝五時、ライン川下流の小さな町ヴァハテンドンク。[*1] 街道は真っ暗でまだ車も人もいない。こんな町はずれの商工地区にテーネス屠場がある。ある通りの行き止まりにある目立たない建物で、エルゼマンはここで働いている。車が数台停めてある。ここはドイツの大型屠場の中では最小のもののひとつで、週に六十頭の大家畜と八百から千頭の豚が処理される。これはオルデンブルク[*2]近傍の大規模屠場とは比較にならないほど小規模である。そこでは毎週六万頭の豚が食用向けに処理される。

ヴァハテンドンクでは家禽類も処理される。週二万羽まで可能であるが、これは一日十万羽の大規模な家禽屠場に比べたらままごとみたいなものだ。そこでは朝八時に持ち込まれた鶏が、十時には箱詰めの鶏肉として発送準備ＯＫとなる。

ただしテーネスはある意味で特別な屠場である。ここはすでに一九七一年には家族企業

＊1　ニーダーザクセン州。

＊2　同州、ブレーメンの西、北海に近い。

として存在していた。若社長のトーマス・テーネスが言うには、八〇年代の中頃、彼の母親が突然食事の席で、これからは一切肉は食べないと宣言した。とくに、焼かずに平鍋に水だけ入れてそのまま調理した肉は、水肥のような、尿のような匂いを発するので食べない、と言うのである。こう言われて彼の父親のエギディウスは、新しい道を開こうと決意した。彼は、動物たちをそれぞれの畜種に最適の環境で飼育してくれる農家を探した。豚は十分なスペースを確保して藁を敷き、牛は暗い牛舎に繋がずに放牧地で育てる。彼はこうした農家と納入契約を結び、また生産される食肉と副産物のソーセージを専属的に販売してくれる肉屋を見つけた。

こうして「テーネス自然合同企業」が発足した。二百五十軒の農家から家畜を調達し、六十五軒の肉屋と八十か所の販売所に商品を卸す。契約農家は畜種ごとに最適の状態で飼育しなければならない。その際には厳格な規準がいろいろある。たとえば、飼料に動物性の粉末は禁止、自動給餌不可、飼料の大部分は農家の自家製であること、飼育の際の抗生物質の投与禁止、仔牛は母牛と一緒に育てること、すべての畜種に、法規で定められた面積以上の飼育場を確保すること、屠殺対象の動物は屠殺に先立って三時間以上運搬してはならない、原則的には一時間以内とする、等々。

われわれは靴にビニールのカバーをかぶせ、白いズボンと上っ張りを着、紙の帽子をかぶって屠場に入った。その日の朝に屠殺される予定の動物は、前日の夕刻または夜間に持ち込まれ、新しい環境に慣らされる。屠殺担当のエルゼマンはその時点から詰めていることが多い。電気打撃棒などで殴打したりしない。動物たちは声もなく、プラスチック製の大きな板だけで誘導されていく。

動物たちを平静にしておかねばならないから、無作為に待機舎に入れたりせず、慣れたグループ内にとどめておく。そうすれば序列をめぐる争いも起きない。豚は好奇心旺盛なので、鼻をくんくんさせ、ブーブーいいながら新しい環境に順応する。ハノーファーの獣医大学に提出されたある博士論文は、この屠場における屠殺二時間前の豚の平均心拍数は、自己の豚舎のときと同様に低い、ということを明らかにしている。別の屠場では、この値は五十パーセント高くなっており、血液中のラクタチンというストレスホルモンは七十五パーセントも多かったとのことである。これらのことは肉の品質に無視できない影響を与える。

テーネスでは人間が豚を無理矢理引きずり回すことはしない。好奇心の強い豚は房舎を次々と屠殺場の方向に向かって自分で進んでいく。そしてある障害物の前で突然停止する。テーネスの父親があるとき、豚はこういう場所で必ず右に進路をとるということを発見したという。ここで右折すると、自動的に金網の後ろに到着し、エルゼマンかその同僚が電気鉗子を持って待ち受けている場所に、なかば自由意志で登場することになる。

彼は言う。「人間が静かにしていれば動物も静かです。気の短い人は抑えた方がいい」。

ゆっくりした時間を持つことが大事なようだ。「豚が走れば走らせておけばいい。人間が追い立てたりしてはいけない。だが一頭がつっかえると流れが止まる。それだけは防がなければならん」。

動物を最もよく知っている男が動物を殺す。動物とともに感じ、その意志を理解し、その信頼を勝ち取り、導くことができなければならない。一緒に苦しむということさえないとは言えない。一番辛いのは仔牛だそうだ。「大変悲しい仕事なんだが、どこかで腹を括らなければならない。なんとかならないかとも思う。いくらなんでもこんなに美しい仔牛が気の毒だ。そんな思いが去りません」。

彼は自分が何を話しているかよくわきまえていて、憂鬱な微笑を浮かべた。最初に仔牛を屠殺したとき、彼は泣いたという。今でもときどき動物たちに、心の中で謝っているそうである。

彼は、人間が使命感をもって動物から製品を作り出すのだ、ということを知っているが故に、どのみち自分の仕事のすべてに責任を持つことができる、とつけ加えた。「動物はみんないいやつです。何かを手にするために、必要以上の数の動物を殺すなんてとんでもありません。行きすぎはだめです。きちんと、素早く屠殺する。おそれと尊敬の念をもって働くことです」。

ヴァハテンドンクでの屠殺が進行する。天井から吊された牛がゆっくりと処理人の方に進む。頭部を切断、脚部と牛角を切除、皮を剥離、消毒液シャワーをかけ、胸骨を切断、胴体を二分割する。肝臓を鉤に吊し、青灰色や緑白色の腸を引き出し大型の深皿に入れる。脂肪分を肉から切り離して容器に放り込む。私の紙の帽子を掠めて飛んでいった。

最後方では農家の人たちがガラス張りの見学ブースにいて、自分たちの動物がどうなっていくのかを見ていることもしばしばある。重量測定を見ながら、今後の畜養についてのヒントが得られるのだろう。

それにしてもここはなんと静かなのだろう。叫び声は禁止だそうである。屠場では何かが起きたとき、音によってそれを聞き分けなければならない、とトーマス・テーネスは言う。彼はここでは、解体屋集団の粗野で思いやりの欠けた職人は求めていない。彼らは午前中はクレーヴエ、[*3]午後はオランダと国を越えて渡り歩き、出来高払いで仕事をする。彼らは屠殺そのものはせず、屠殺された動物を徹底した専門分業体制でできるだけ迅速に解体するのが仕事なのだ。テーネスは言う。「たとえば左後脚大腿部の剃毛専門。こういう連中はほかの仕事は全くできません。どれだけの量の仕事をこなすか、それだけです。俺はいったい何をやってるんだ、とも考えません。それと、五十歳を過ぎると頭部切断は容易ではない。作業のテンポについていけず、作業グループから脱落です。しかしこの職種の連中ですら、肉の値段を見ると激しい憤りを覚えざるを得んのです」。

一九六〇年当時、ドイツの標準家計は手取り所得の三十パーセントを食料費に充てたが、

＊3　オランダ国境近くの小都市。

現在では十二パーセントである。とくに肉類は特売品や客寄せ品に零落し、肉の値打ちについての意識も薄くなった。スーパーでは猫の餌の方が豚のフィレより高いなどということも稀ではない。

なぜこうなったのか。動物たちを劣悪な環境のもとで大量飼育しているからである。豚を例にとると、巨大な豚舎なのに、頭数が多すぎて半数しか横たわることができない。それも臭気を発する自分の水肥の上に直に、である。そして無毛の胸部を橇のように滑らせて水飲み場に押しやられて行く。また屠殺ということを人目につかぬ出来高払いの仕事に、魂の抜けた重労働におとしめたからである。その製品を飽食する人間は、その労働について何も知らず、知ろうともせず、本来知ってはならないのである。もし知ったら、気持ちが悪くて二度と買わないだろう、という理由で。

こういう肉類の低価格時代では昔からの街角の肉屋はやっていけない。たとえばエッセン[*4]には最近まで五十軒の独立した肉屋があったが、二〇〇三年だけで五軒が廃業した。テーネスの目算では、最終的には十〜十二軒ぐらいになるだろうという。

一軒、大変繁盛している店がエッセンにあるそうだ。最近二号店を出した。店主は郡の手工業マイスターで市議会のCDU議員。土曜日などはSPD[*5]の市長や緑の党の党首なども来るという。この肉屋は先に触れた「テーネス自然合同企業」に属していた。肉屋として生き延びる唯一のチャンスは、安いものではなく、少しでもよいものを提供することだ

＊4　ニーダーザクセン州。本章の舞台ヴァハテンドンクの屠場にとって近傍の大消費都市。人口六十万余。

＊5　社会民主党。

という。

午前十時。外は明るい。肉屋の引き取りも終わった。エルゼマンは家に帰り、少々昼寝をし、子供たちと昼食をとる。午後は数頭の牝牛の世話をする。用済みで介護中の牛たちだ。そして夜中近くここにまた来るだろう。今度は豚が仕事だ。

名声

今の世の中、誰でも有名になりたい。テレビは有名になろうとする競争で明け暮れている。どの番組もスーパースター掘り起こしに躍起だ。

ところがそうはいかない。われわれみんなが一度に有名になることなどできっこない。

これまではほんの僅かの連中が有名になり、それ以外は全くお呼びでなかった。ベッカー[*1]、シュレーダー[*2]、ヤウホ[*3]、フェレス[*4]は有名だが、エルナ伯母さんやヨーゼフ叔父さんやお隣のフィッフィ、私や君は有名ではない。われわれは会社や隣近所でだけは知られているが、それもいつも好意を持たれているわけではない。もしこの事態が変わり、全ドイツ国民が有名になろうとし、またそうなるよう求められるとするならば、しかもドイツ人全体を一括りにしてではなく、個々の顔や名前が記憶されることが有名になるための条件だとするならば、皆が同時に有名になるなどナンセンスだ、と誰しも考えるに違いない。誰もそんなに多くの名前を覚えられるわけがないし、そんなに多くの記事を新聞に載せら

＊1　テニス選手。
＊2　前首相。
＊3　テレビのプロデューサー、司会者、ジャーナリスト。
＊4　国民のアイドル的若手女優。

れないし、テレビもそんなにたくさんの番組を放映できるわけがない。誰もが自分が宿泊先のホテルを出るときに、群衆に歓呼熱狂されることを望んだら、有名人が超多数となれば、熱狂する側がいなくなってしまう。

次の写真を見て下さい。左下の男は何といったか、そう、つい昨日有名になったKである。明日は新聞がインタビューして、「K氏とはどんな人」欄に登場する。ところが明後日には、再び誰にも知られていない人になる。そしてKが福祉事務所の行列に加わっていると、前の男に「こいつはビッグブラザー*5で、シェークスピアなんて知らない、と言っていたやつじゃないか」と、不審がられるぐらいが関の山だ。あるいはこの男がひょっとしてシェークスピアという名前なのか。シュトルンツ夫人*6の第二の男なのか。あるいは彼は、テレビキャスターAの休暇中の代行で地方テレビでこの番組の司会をやった、ちょっと名の知れたBという男と恋愛関係にあるCの、ただの友だちのDなのか。

時の経過とともに、こんなことすべてが過去のものになる。

たとえば、この写真の左下の、眼鏡をかけてマイクを握って何かを訴えている小男だけが誰にも知られていず、まわりの群衆が皆有名人だとしても、テレビ記者は有名人ではなくこの無名の小男を相手に、なぜ藤色のアノラックを着た彼女がそんなに好きなのか、なぜ右後方の赤い帽子をかぶった男のようなタイプになりたいと思うのか、などなどについて説明を求めてくるだろう。

＊5　現在世界中に広まりつつあるテレビ企画。あらゆる場所にテレビカメラが設置された簡易住宅で、男女同数の挑戦者が生活する。彼らはいかなるときも、マイクを身につけていなければならず、その行動はすべて公開（放映）される。週末ごとに脱落者を選び、最後に残った者が高額の賞金を得る、というもの。最長で百日以上、プライバシーを犠牲にする。週ごとに課題が課せられ、そのひとつとしてシェークスピアの劇を演ずることもあるという。

＊6　新聞を賑わせている艶聞夫人。

彼にそうさせてはならない。皆さん。われわれはもっと物事を筋道立てて組み立てなければならない。それが非常な強みなのだから。

まず、こういう前提から出発しよう。ドイツ人は誰でも十五分間有名になることができるとする（かつて、誰でも一人十五分、という計画があった）。では一日に何人が有名になることができるか。ええと、十五分間は一日にいくつあるか。

九十六個。

そのとおり。しかし八時間は睡眠中で、その間は両親のことさえ知っているとは言えない。つまり皆が眠っている間は、誰も有名になれない。それを除くと十五分間は日に六十四個。では一年ではいくつか。
二三、三六〇個。
すなわち一年間に二三、三六〇人のドイツ人が有名になって、ほかのドイツ人に知ってもらえることになる。そのうち一部の人たちは就寝直前の夜の十時ごろ、また別の人たちは早朝六時ごろ有名になる。これは分が悪いが、やむを得ない。

さて、わが国の人口は八千二百万人であるから、全員にいきわたるには三千五百十年かかる。大部分の人はそんなに長く待ちたくない。

そこでこうしよう。一度に一人ではなく、複数にする。どれくらい？　十人？　少なすぎる。では百人？

もしわが同胞のうちの百人が、同時に十五分間有名になるとすれば、一日六千四百人、一年で二百三十万人、十年で二千三百万人。かくて三十五・六年経てば、全国民がめでたく貴重な十五分間を持てることになる。

さあて、できるだろうか。百人の有名人を列挙するなど造作もないことだ。アドルフ、ベッカー、クリスティアンゼン、ダウム、アイヒェル、フランツ……誰でも百人の名前を記憶にとどめることは簡単だ。問題は十五分ごとに入れ替わるということだ。これは容易ではない。しかしとにかく三十五年経てば完了である。それが目標であり努力のしがいがあるというものだ。すべては整然たる仕組みの問題である。規律と意欲と、ドイツ風徳目の問題である。

三十五年。

やっぱりこのばかばかしいことはやめることにする、そうしますよ。

死んだ豚

ベルリンの壁が崩れて国境が開いた直後のこと、私は車に寝袋を積んで「あちら」に向かって出発した。チューリンゲン州を目指して、ヒルシュベルク*で旧国境を越え、最初のインターで高速を降りた。これまでは許されなかったことだ。そして小さな村に着いた。

「チューリンガーホーフ」という店に入ってみると、客たちは常連の席らしいテーブルで、ラム酒入りコーヒーを楽しんでいた。ちょっと風変わりだったが本当である。深夜までラム酒入りコーヒーだけで過ごしていた。私もつきあった。断片的な話が延々と続いていた。夜間に催涙ガス銃で乱暴されていたシュタージの将校たちのこと、反対に、バスの運転手の家がシュタージに火をつけられて全焼したこと、その運転手はその数日前に西ドイツを往復したこと、そのバスには初めてチューリンゲン州から西ドイツに行き、帰って来た人たちが乗っていたこと、等々。テーブルに五人いて、わいわい話していたが、ときどき一斉に大声をあげていた。激しい怒りと消えない恐怖と、ラム酒入りコーヒーとささやかな

* チューリンゲン州の東南端、バイエルン州との境に接する町。

希望のうねりが「チューリンガーホーフ」店内に押し寄せていた。

その晩、私は木製梯子の工房を持っている人のところに泊まった。いや、夜中になってその家の客間のベッドに転がり込んだと言うべきか。ラム酒入りコーヒーのおかげで、寝つかれず、興奮が醒めやらず、やっと明け方近くになって浅い眠りに落ちたが、ぞっとするような夢に襲われた。何人もの男たちが刃物や大斧を持って商店に殺到し、鎧戸を打ち壊し、扉をなたで叩き割った。と思うと、恐ろしい叫び声が長く続いた。キーキーという非常に高い声だった。はっとなってコーヒーとラム酒びたりの夢から醒めたが、叫び声は消えなかった。正気に戻ると、その声は窓の外から聞こえていたことが分かった。飛んで行って下を見ると、ちょうど窓の下に、今はもう死んでいる一頭の豚が桁組《けたぐみ》に吊されているのが見えた。血がバケツに流れ込み、ひとりの肉屋が自分の仕事に満足げだった。

もし国境が閉鎖されたままだったとしてもやはり、あの豚が殺されたのかどうか、今日になっても私には分からない。誰かに聞こうと思いながら、忘れていた。しかし私にとって、ベルリンの壁の崩壊と、死にゆく豚の叫び声とは、いつまでも切り離せないでいる。全く奇妙なことだ。

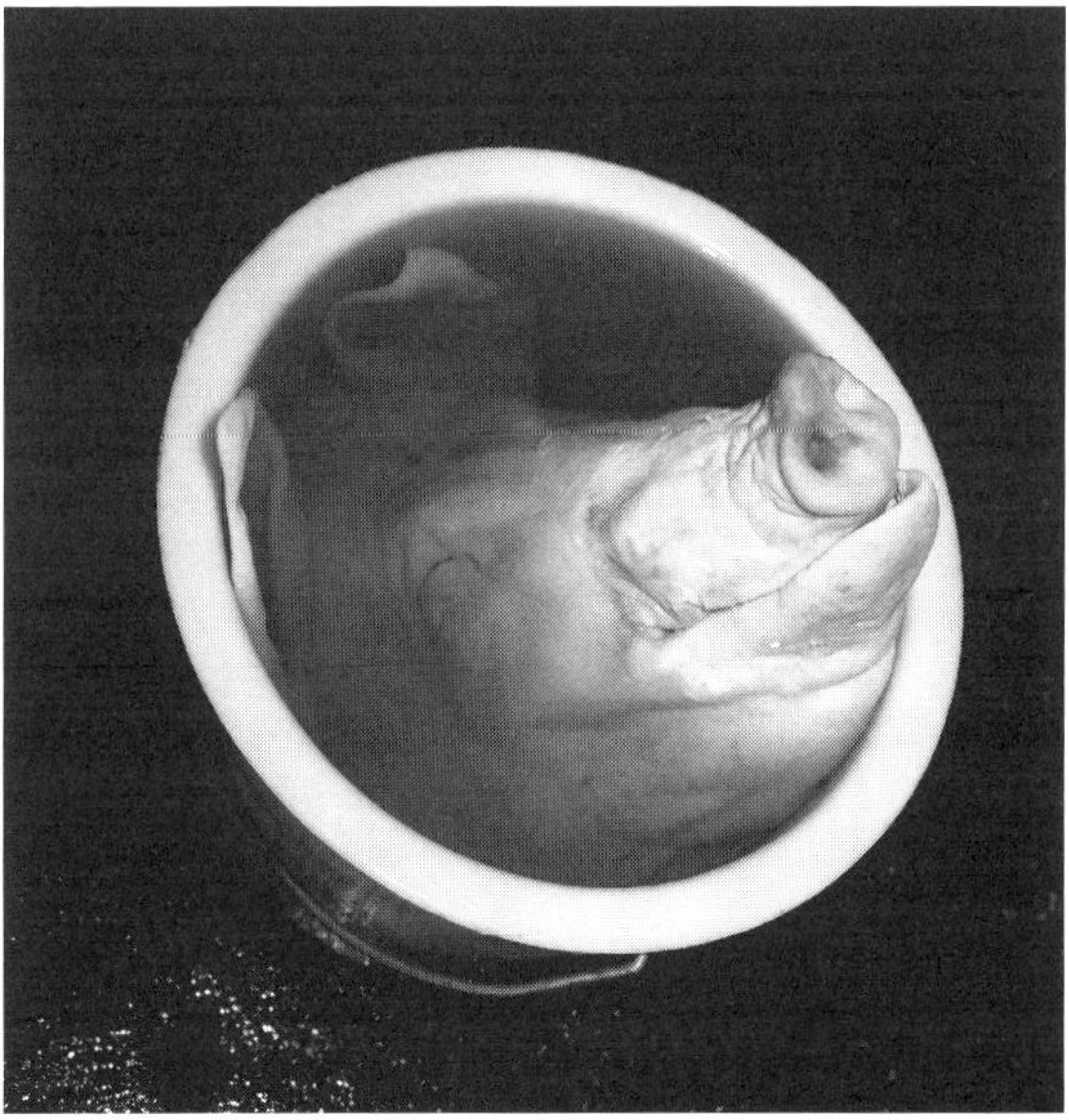

愛犬（猫）の眠るところ

以下の墓銘碑は、ベルリン市内の動物墓地（ランクヴィッツ、テンペルホーフ、ファルケンベルク）で集めたものである。

「愛するムレここに眠る」「ありがとうブランシェ　楽しかった年月」「ブルシは愛そのものだった　永遠に忘れない」「最良の友オットーに」「レックス　私の愛する大きな坊や愛と忠誠に感謝　お前がいなくてとても淋しい　お前を決して忘れないよ　大好きだったお前の小さな女主人」「愛するパグ　ヴィリの思い出に」「愛するボンツィ」「よく眠れシーザー」「さっと来てさっと去った　いつまでも私たちの心に　プッピありがとう」「ヴッツィ　小さな女主人はお前がいなくてとても淋しい」「逝ってしまった奇跡のアリ」「無名の犬」「警察犬　ヴァルド　一九三六～一九五四　ブランド　一九七三～一九八〇　忠誠の権化」「私のディッカーちゃん」「トニーのいない孤独な散歩　すべては

空し」

「心身ともに無欠のロニヤ　犬は天国に行くと思うか　お前が行くずっと前から仲間がそこにいるよ　ロバート・ルイス・スティーヴンソン」「私たちの太陽の光ドド」「愛するテディいてくれてありがとう」「愛する臆病者　小さなモルレ」「エルヴィス　忘れない」「フェーリックス　特別なやつだった」「愛の奇跡で涙が死者を目覚めさせるなら　愛するズージーは冷たい大地にはいない」

「かわいいジーバ　最後まで私の幸せだった　よく眠れ」

「お前は七年間私の心にいた　あの日お前の心臓が止まった　その日のたくさんの蝋燭私は言葉を失った　お前は愛のすべてを捧げてくれた　ありがとう　恐ろしい病気がお前の命を断った　何度も聞きたい　なぜ　何のために　さあベッドでやさしく眠れ　いつの日かまた会おう　虹の国でウサギちゃんと遊ぶのかい　お前が去ったとは思いたくない」

田舎礼賛

―ハイネ尽くし―

ある雑誌の仕事がなければ、ハルバーシュタットの町に来ることはなかっただろう。かつての東のザクセン・アンハルト州と、西のニーダーザクセン州の間の旧国境周辺の様子を取材することになったのである。ここからそんなに遠くない。私はあちこち歩き回る根城のホテルを探し、ハルバーシュタットにそのホテルを見つけて数日滞在した。

町を去るとき私はこの町に心酔していた。

私は、この土地のことは、戦争で徹底的に爆撃されたこと以外、ほとんど知らなかった。来てみたら、そのことは一目瞭然だった。戦争の跡が現在まで残っていた。列車から降りて文字どおりみすぼらしい駅舎に入った。大爆撃後ほとんど六十年経っても、破壊されたままの赤煉瓦の建物で、最近のピカピカの駅をいくつか見た目には、いっそう哀れを催した。小さく、ボロ着をまとった少年のように、悄然と立っていた。頭をなで、ねえ、君のママとパパはどこにいるの、君を忘れたの、と声をかけたくなる少年のように。

新聞スタンドで薄っぺらなハルバーシュタットの写真集を買い、駅をあとにし、リヒャルト・ワーグナー通りをぶらぶら歩き、ハインリヒ・ハイネ広場まで来た。反ユダヤ主義者のワーグナーを経てユダヤ人のハイネにいたる、というのは奇妙に感じたが、もっと奇妙なのは（写真集で知ったのだが）、ハインリヒ・ハイネ広場はもともとはあのハインリヒ・ハイネに因んだ名前ではなかった、ということだ。

では誰か。フリートリヒ・ハイネである。

こういうわけだ。このフリートリヒ・ハイネは肉屋の職人で、一八八一年にバルレーベン村からこの町に出てきた。そのときズボンのポケットには六ペニヒしかなかったそうである。彼がバルレーベン出身だとしたら本当に妙な話だ。*1

しかし、早くも二年後には自分の食肉店を持ち、一九〇一年には最初のソーセージ缶詰工場を建てるまでになった。ハルバーシュタットのハイネソーセージは有名となり、今日にいたる。彼は成功者となり一九二九年に死んだので、町は三〇年代初頭に彼の名を広場の名前にしたのである。ただフリートリヒ・ハイネ広場ではなく、単にハイネ広場とした。おそらく人々はハインリヒ・ハイネのことは全く知らず、とにかく一石数鳥ですべてのハイネをまとめて称えたかったのだろう。そして東ドイツ時代は資本家は尊敬されなかったので、ハインリヒ・ハイネ広場となったのである。

ソーセージと詩人の取り合わせとは一風変わっている。しかしここで何日か過ごしてみ

*1 バルレーベンは「ぎりぎりの生活」という意味。ザクセン・アンハルト州の州都マクデブルクに北接する村。

ると、これがなんとなくハルバーシュタット風だと思えてくるのである。

なぜか。

さて、この地に多くの人から「グライム親父」と言われていたグライム老人、すなわちヨハン・ヴィルヘルム・ルートヴィヒ・グライムがいた。彼の家、つまりグライムハウスは、ハイネ広場から魚市場の方向に行き、ドームベルクにさしかかるところにある。グライム（一七一九年生まれ、一八〇三年没）は一七四七年から十八世紀の終わりまで大聖堂の事務長であった。しかしこれは彼の業績のほんの一部であり、むしろ詩人として当時はきわめて著名であった。彼は民衆が考え、感じていることを詩的に、素朴に、分かりやすく表現しようとし、その時代で成功をおさめた。いずれにせよ、彼はゲーテとシラーが若年のころ、非常に人気があった。

しかしこのことも、彼が残したすべてではない。

この家に来るとグライムを思い出す。みしみしいう寄せ木張りの床を通り抜けると二つの静かな部屋にたどりつく。たくさんの絵が壁にかかっているが、それはこのグライムの友人たちの肖像画である。彼は生涯、ある種の友情礼賛を絶やさず、彼の時代の芸術家たちと有名無名を問わず交際し、彼らに手紙を書き、訪ね、また招待し、肖像画に描かせた。それが二世紀以上を経た今でも、友情の部屋にかかっているのだ。ティッシュバイン、クロップシュトック、フォス、ビュルガー、ハインゼ、モーリッツ、ヴィーラント、レッシ

ング、ジャン・パウル、ヘルダー、ヴィンケルマン、メーザー、ゾイメ……[*2]ほぼ百三十点の油彩の肖像画のうち何点かは傑作であり、おおよそ彼の時代、すなわち十八世紀の知的ドイツ全体を示すものと言える。

その時代、名の通った人で彼が知らない、あるいは彼を知らない人はなかった。レッシング[*3]との交わりは深く、ゲーテとシラーとは浅かった。この二人にとっては、グライムは時代遅れの啓蒙家の代表であり、かつ真に認めることができない詩人であった。シラーは彼の詩才について「非常に優れた思想性は認められない」と書いているし、ゲーテは彼の「冗漫な詩」を軽蔑し、またしても、このハルバーシュタット町民グライムを嘆かせている。ゲーテは彼の面前で冷淡をきわめたそうである。「ゲーテはこわい人だ。自分の友だちまで軽蔑する。友だちでない人は幸せというものだ」。

グライムは（彼ばかりではないが）、啓蒙思想を友情という人間関係として考えた。そして啓蒙思想のために、グライムハウスというこの国で例を見ない友情のしるしを献呈した。彼の最良の友であったクロップシュトック[*4]は、彼のやり方でグライムの「友人にとって真の友たらんとする燃えるような熱望」について、あふれんばかりの思いで頌詩を書いて称えている。

友情とは何か。

当時、友情というものは二者間の感情というよりは、むしろ多数の人たちや市民の集団

＊2　列挙されているのはいずれも十八世紀後半から十九世紀初頭にかけて活躍した詩人、作家であるが、一七七〇～八〇年はドイツ文学史上いわゆるシュトゥルム・ウント・ドラング（疾風怒濤）の時代であった。

＊3　代表的啓蒙思想家。

＊4　枯化した啓蒙主義的合理精神に新鮮な息吹きを吹き込んだ詩人。

における調和を意味した。しかしグライムにとっては、互いに助け合うという、ひとつの道徳的信条が重要であった。グライムの少なからぬ交友関係は、金銭贈与から始まった。たとえばジャン・パウル[*5]やヨハン・ゴットフリート・ゾイメ[*6]との交友などである。またゴットフリート・アウグスト・ビュルガー[*7]については、知り合ってすぐに彼の悲惨な状態を改善すべく、金を貸し、また与えた。またヴィーラント[*8]とヘルダー[*9]の子供たちについては、徒弟身分を世話し、代父役[*10]を引き受けた。そして、あるボタン職人が流行遅れのボタンを作っているために、家族を養えないでいると、何年間も生計を支援したりもした。

彼は大聖堂の事務長であり、かつ事業家として成功して裕福であり、養うべき家族はなかったので、当時、市民階級の最も名のあるパトロンのひとりとなった。彼が書き、また受け取った約一万通の手紙はグライムハウスに保存されているが、その中には、ヴィーラントがヴィルヘルム・ハインゼという若い詩人を支援してほしいと、一七七〇年にグライムに請うた手紙もある。「この若者の天分はなお発酵中であり、新酒のように濁っていますが、大物になるでしょう」。

グライムはこの願いを即座に聞き入れ、ただちに若者になにがしかの金を送り、借金を肩代わりし、彼がある旅に必要としていたシャツを何枚か仕立てさせた。彼の返信に曰く。「グライム様、私が今までこの地上でお会いした最も高貴なお方として、神のように敬愛します。これが、これまでの父のような貴方様の愛に対し私のできることのすべてですが、

＊5　散文芸術の大先達。ロマン主義の先駆者として古典主義との橋渡し役を果たした。
＊6　農民出身の抒情詩人。
＊7　革命的情熱を昂揚。バラードの始祖。
＊8　詩人・小説家。ドイツ語の洗練に貢献。
＊9　シュトゥルム・ウント・ドラングの指導者。近代歴史意識の確立者。
＊10　子供の洗礼の際に証人となり、以降のキリスト教教育についての責任を負う。

この敬愛の気持ちは生涯にわたって、忠実な私ハインゼの心に生き続けます」。

グライムは彼を「最も愛すべき息子」と呼んだ。

記録によればハインゼはある時期、ハルバーシュタットに住んでいた。そのことは、この町をアテネか、せめてワイマールのような芸術と学問の中心にしたい、というのがグライムの夢だったから、その夢のささやかな一歩ではあった。しかしもちろん、そんな夢の実現は彼の力の及ぶところではなかったし、ハインゼも旅立ってしまい、グライムに苦く、心の痛手となる失望をもたらした。ハインゼは所詮よそ者だった。今では誰も彼のことを知らない。彼はどこへ行ったのか。もちろんローマである。

手紙や肖像画など全体からうかがえるグライムは、何というか、人がすぐに好きになるような人物だった。ジャン・パウルは一七九八年に友人あてにグライムについて書いている。「彼のように温かく迎えてくれた学者はいません。情熱、率直さ、誠実、勇気、プロシア的祖国愛、そして感情の高揚を併せ持った人物です。彼を君のところに置いて、幅広い文芸分野に加えて広い政治の世界を与えて下さい。そうすれば彼は君にとって近しい存在となるでしょう」。

ところで、グライムハウスの扉のところに戻ると、そこには大変古い散歩杖があった。これは、かつてのプロシアのツィーテン将軍が文字どおり「突然に」グライムに贈ったものである。*11 そして二通の文書。一通はなんと一九九一年に、ハンブルクのエーベルトとい

*11 戦略家ツィーテン将軍の奇襲戦法は「藪からツィーテン」Zieten aus dem Buschと言われたが、これがそのまま「藪から棒に、突然に」という成句になった。

う人がカールスルーエの某ハインリッヒ・ハイネ氏にこの杖を遺贈したこと、もう一通には、この現在のハインリッヒ・ハイネ氏が僅か三週間後に、この杖をグライムハウスに遺贈したことが記されていた。

ハルバーシュタットはいたるところハイネだらけである。グライムハウスを出て右に向かうとすぐに「ハイネアヌム」がある。ここには十九世紀にこれまたひとりのハイネ（父フェルディナント）が収集した内容豊かな鳥類コレクションがある。標本数が一万一千五百点ある。案内書によると、フェルディナント・ハイネは一八九四年に没した。「ドイツの鳥類学界は、ドイツ鳥類協会の重要な支援者・共同設立者、斯界のネストル（最長老）を失った」とある。ああ、ネストル[*12]の名がなんと違って響くことだろう。

彼の息子もフェルディナントだったが、父の遺産を引き継いだ。今日でもコレクションの部屋を見て回れる。剥製には父フェルディナント・ハイネの名に因むコロンビア産のハイネ・フウキンチョウや、モロッコ、ニューヘブリディース[*13]、ニューギニア産の三羽のカワセミがあったが、そのいずれもがハイネの名を持ち、二代目フェルディナント・ハイネの姉妹の名をつけていた。

さて、ハイネアヌムを出て、見物もそろそろ終わりにしてゆっくり休もうかと思ったとたん、すぐ近くに町の博物館を見つけた。

入ってみて驚いた。アウグスト・ビンケバンクのラッパがあった。ラッパは今ではすっ

＊12
トロイ戦争に参加したギリシア軍の老将。

＊13
オーストラリアの東方海上。英仏の共同統治領であったが、一九八〇年、バヌアツ共和国として独立した。

かり忘れられてしまったが、かつてはドイツ中でよく知られた楽器だった。アウグスト・ビンケバンクはハルバーシュタット甲騎兵隊のラッパ卒として、一八七〇年八月十六日、ロレーヌ[*14]のマル・ラ・トゥールの戦闘に参加した。甲騎兵隊はフランス軍の隊列に突入した。

しかしそれは死の突入だった。

彼はのちに家族に書き送っている。「隊員の三分の二は死傷しました。敵陣に突っ込むほど仲間は減っていき、最後はたったの六人になりました。われわれは同じ道を何百もの死体を越えて退却しました。私の黒馬も五か所の傷から血を吹いていました。やっと指揮官のところにたどり着いたら、呼集ラッパを吹けというのです。そうしたらなんと悲痛な音が出たことか。私は気がつかなかったのですが、背中のラッパには銃弾が貫通していたのです」。

確かに、陳列されているラッパを見ると、中央の曲がった部分に穴がぱっくり口を開けていた。向かい側のガラスの中には、何百もの鉛の兵隊の戦闘ジオラマがあった。どれがアウグスト・ビンケバンクかは分からなかったが、そばに説明書きがあり、ハルバーシュタット博物館とグラヴロット[*15]にある「一八七〇年戦争博物館」との強いつながりが書かれていた。

「両博物館の願いは、先人たちの軍事的な業績を客観的に評価しつつも、戦争を称えるのではなく、陳列品を今日生きている世代に対するいましめと受け止めることである。この

＊14　独仏係争地。

＊15　フランス北東部、ベルギー、ルクセンブルク、ドイツとの国境に近い町。

願いは一九九五年三月の友好条約締結に表れている」

観覧者が陳列を見て、ドイツ人は戦争好きだとうっかり思ったりしないためにかも知れない。*16

ラッパ卒ビンケバンクは戦争で傷は負わなかったが結核にかかり、ひとりで恩給暮らしをしていた。一八七三年、彼にどこか店の見張り番としてでも働き口を与えようという声が、「あずまや」*17に載り、その結果六百八ターレルの募金が寄せられ、かつグリンマ*18の騎士農場に採用された。そこでこの善人は一八七九年五月二十八日に亡くなった。僅か三十三歳であった。

私はマル・ラ・トゥールの死の突入を詠んだフライリヒラート*19の詩を思い出しながら、ドーム広場に行った。

彼はラッパを手にして吹く
ラッパは声を出さないが
憤怒が雄々しく高らかに鳴り響き
壮大ないくさに駆り立てた
声なきすすり泣きと痛さの叫びが
金属の口をついて出る

＊16
プロシアの指導のもとにドイツを統一しようとするビスマルクと、それを阻止しようとするナポレオン三世の衝突から普仏戦争が起こった（一八七〇年七月十九日フランスが宣戦布告）。戦況は圧倒的にプロシアが優勢で、早くも九月二日、ナポレオン三世は降伏し、一八七一年一月にはパリも開城した。しかしその過程で、マル・ラ・トゥール、グラブロットなどフランス北東部での両軍の戦いは熾烈をきわめ、文中のプロシア軍ラッパ手の悲劇を生み、またのちに博物館がゆかりの古戦場に建てられたのであろう。国の勝ち負けと兵士たちの幸不幸は別の話、という感が深い。

＊17
十九世紀の家庭向け絵入り雑誌。

＊18
ライプチヒの東南、ザクセン州のほぼ中心に位置する町。

弾丸が真鍮を貫き
死者が傷手を嘆いた
勇ましく忠実なラインの守り
今日命を失った兄弟たち
それらすべてがわれわれの骨身にこたえ
とぎれとぎれの言葉となる
夜が来て騎馬の列
かがり火が燃え
馬はいななき雨となり
われわれは死者を想うのだ、死者を

死者たちよ、死者たちよ。町は一九四五年四月八日、十一時二十五分から十二時まで、三十五分間の爆撃を受けた。そのあと三日間燃え続けた。水道が完全に破壊され、消火どころではなかった。二千五百人が命を失い、ハルツ地方や隣接の村々に逃れた。八十二パーセントの建物が破壊され、大聖堂は十二個の直撃弾を蒙った。その真向かいには、聖母教会の廃墟の上に塔の残骸が「うつろな歯」のように突き立っていた、と建築家のヴァルター・ボルツェは『ハルバーシュタットの教会の奇跡』という本に書いている。彼は戦

＊19　フライリヒラート（一八一〇～一八七六年）の処女詩集はハイネもその新鮮な魅力を認めた。一八四八年のドイツ三月革命前後は詩人ながら政治や社会に深い関心を持ち、詩集『信念の告白』『現代政治社会詩集』では自由と社会平等の理想を訴え、詩集『死者より生者へ』を人々に配布するなどした。ハイネの時事詩の反語的調子に対して著しく直截と言われる。しかし晩年、ドイツ帝国成立（一八七一年）後はビスマルクの熱烈な支持者となり、「ドイツ万歳」などの詩を書いた。

後、この二つの著名教会と、もうひとつ数百メートル離れたところにあるマルティーニ教会——高さの異なる二つの塔を持っている——を町の象徴として再建保存することに成功したのだ。

私は素晴らしい木骨家屋が隣接するドーム広場で、大聖堂と聖母教会の間に立って、ここは疑いなくドイツの最も美しい場所のひとつだということ、そして町や村にあるこうした素晴らしい場所の多くは、ブラウンシュヴァイクの旧市街市場であれ、コーブルク*20やバンベルク*21の市場であれ、大部分の人たちには知られていないだろうと思った。私がハルバーシュタットを知らなかったように。

こういう発見はドイツ人が訪ねることもない田舎に多いのではないか。ナウムブルク、メミンゲン……。

ドイツの田舎をいくら褒めても褒めすぎにはなるまい。

私はホテルに戻った。それが「ヴィラ・ハイネ」という名であることには、もう驚かなかった。

＊20 バイエルン州北端、人口四万二千。ドイツ第二の高さの古城で有名。

＊21 バイエルン州北部の古都。人口約七万。美しい旧市街が保存されており、世界遺産に指定された。ビールの町でもある。

廃棄物

―ありそうな話―

他国では一個のゴミ容器も設置しない場所に、わが愛するドイツはただちに四個を併置する。多くの住居にはすでに自前のゴミ分別室があり、バケツを備え、有機物、ヨーグルトのふた、缶詰の空き缶、紙類、プラスチック、電池類、ガラス、木材、薬剤の残り、化学製品、そして当然ながら僅かばかりの通常のゴミを分別している。以前は娯楽室だった。店に返すまでのデポジット付きの空き瓶が当座保管されるし、もちろん空き缶も同様である。

このスペースも少々手狭になってきた。そして新しくバンパー回収制度の導入によって、多くの住民にとって大変煩わしいことになってきた。

以前は、自分の車のバンパーが、たとえば駐車の際にちょっと掻き傷を作ると（ドイツ人は神経質）、近くのバンパー店かカールシュタット*のバンパー売り場に行って新品を買い、古い方はゴミで出せばよかった。

＊ドイツの大手デパート。

Altmetalle
Restmull

ところが一九九九年のバンパー再利用法によって、この行為は禁止された。古いバンパーは、今後はいたるところに設置されているくずもの金属用ゴミ箱に廃棄しなければならなくなった。

しかし既存のゴミ箱は、この目的にとっては概して小さすぎることがはっきりした。

そこで連邦政府は、一九九九年バンパー再利用法についての二〇〇〇年第一次施行規則を制定し、くずもの金属用ゴミ箱と並んで、廃棄されたバンパーを破砕するいわゆるバンパー用シュレッダーを配置することとした。ところが、ノイミュンスターの住民がこれは騒音規制条例違反であると提訴した。本件は目下係争中であり、早くとも二〇一三年にならないと決着がつかないと見られる。

多くの州においてはこの期間に対処するため、いわゆるバンパー再利用法経過規定を定め、ひとつおきの街角に、特別な古バンパー用コンテナを配置することとした。このコンテナは騒音問題を考慮して古タイヤで内張をすること、絶え間ない不快な音響を避けるため一個ずつ投入すべしとされた。

この古バンパー用コンテナの配置に対し、今度は「わが町を美化しよう運動」が各州都において大がかりなデモを行い、抵抗した。いくつかの州においては、州議会選挙の日程もあるため、決定されたばかりのバンパー再利用法経過規定の適用開始を延期することとした。多くの住民は、事態の解決まではどのみち古バンパーを処分できず自宅に放置していた。また、このバンパー再利用法経過規定は、その施行細則で、古バンパー用コンテナは古バンパーを素材として製造すべしと定めたため、古バンパー用コンテナ業者は、古バンパーの不足によって、十分な量のコンテナの製造が困難になった。

その間に、ドイツの多くの住居のゴミ分別室は写真のようになってきた。人々はぶつぶつ言い始めた。子供部屋は、錆びたり傷がついたり凹んだりしたバンパーや使い古したバンパーの収納に必要となり、子供たちは両親のベッドの上で過ごさなければならなくなった。

多くの市町村は管轄地域内のバンパー回収制度を導入するにいたった。これは、すべてのバンパー専門業者は、そこで購入されたバンパーについては後日顧客から引き取って、予納代金を払い戻さなければならないというものである。この制度に対しては、全国バンパー小売商連合と南ドイツバンパー利用者連盟が法的措置を講じた。もともと多くのドイツ人の旅行先は、国の内外にわたって広域となっており、予備のバンパーを買うことが増え、国全体を地域とする古バンパー引き取り制度が必要になってきたために、この市町村単位の制度は有効ではないことがはっきりしたからである。しかしこの全国的な制度も、前述の法的措置上の決着がついていないことから、当面実現は困難である。

他方でＥＣの金属合金担当官は、ヨーロッパ全域にわたる規制が必要と述べた。

古バンパーであふれているドイツの住居の状況は、ますます波乱に富んでくるだろう。

シェーンベルガー
―七転び八起き―

彼はドレスデン[*1]のホテルのロビーで待っていた。「今でも会えばすぐ分かるかね？」と彼は聞いた。

「さあね。今日は約束していたからね。街で会えばどうだったか。立派な口髭も剃っちゃったんだね」

彼は細身で長身、タートルネックの縞のセーターに、革を縫いつけたグリーンのニットのカーディガンを羽織っており、革の書類カバンを抱えていた。

「今いくつ？」私は聞いた。

「いくつだと思う？」

彼は答えを楽しむかのようだった。見かけからして、規則正しくスポーツをやっているに違いない様子である。

「四十七というところか」

＊1　ザクセン州の州都。

彼に笑われた。五十七だった。

「君は長生きの血筋なんだね。あのころお父さんは八十六だったものな。長寿万歳だ」

彼と最初に会ってから十三年以上になる。彼の言うには、父親はその二年後に脳血管破裂で亡くなったとのこと。そのとき彼は車で出かけるところだったが、ちょっと忘れ物を取りに戻ったら父に事が起こった。あっという間の出来事だったらしい。

一九九〇年のこと、私は一週間ほどドレスデンですることがあったのだが、そこの新聞で見た小さな記事に興味を持ち、車で町はずれまで出かけたのだ。そこに彼の父親の会社の小さな、風雨で痛めつけられ、崩れかかった建物があった。会社の名称はエルシェーナだったが、これは老人の名前エーリヒ・シェーンベルガーに由来するものだった。彼は東ドイツでは数少ない民間企業家のひとりだった。戦争以降、社会主義のまっただ中で自分自身の会社を持ち、「ブイヨンペースト」を製造した。固形ブイヨンから肉汁を作るのと同様に、粉末を練り固めたものから肉汁を作るわけだ。そのほかウースターソースも作った。「ヴォルシェスター」*2という名で、これは息子のハンス・ユルゲンは今でもそう呼んでいる。

東ドイツの貧乏経済の中で、ウースターソースを作るほどの挑戦はほかにあっただろうか。

ハンス・ユルゲン・シェーンベルガーは言う。「もし父が西側の環境の中でフル回転し

*2　ウースター（Worcester イングランド中部の都市名）をドイツ語読みするとヴォルシェスターとなる。

ていたら、父は大変な人物になっただろう。根っからの事業家だった」。
一例をあげるなら、エーリヒ・シェーンベルガーはすでに三〇年代に、「シェーンベルガー氷雪グリップ」というトラック用のスノーチェーンを発明していた。ある醸造会社はそれを全車両に装着させた。彼はまた国民キャンピングカーを作り、その詩まで作った。

「創造する人たちに休息をもたらす
キャンピングカー
賞賛の歌声が津々浦々に響く
持ちたい人の願いがかなう
君の同志がやって来る」

この歌は、ヴッパータール・エルバーフェルト*3のミュラー自動車会社が戦前にパンフレットに掲載した。
戦後になって彼はひとりの友人に再会した。その友人はかつてブイヨンの工場を持っていたので、二人してその工場を再建し、甜菜《てんさい》の葉からのシロップ、パンに塗るマジョラム*4、代用コンソメゼリーなどを製造した。シェーンベルガー流に言えば「楽しみながら食べるものを生み出す」ためであった。実験室を持っている別の友人と共同して、水溶性でコッ

*3　ヴッパータールはルール工業地帯の中堅都市。人口三十六万。エルバーフェルトは市内十地区の一つ。
*4　香辛料の一種。

プに注入可能な「肉汁ペースト」の製造に長いこと取り組み、成功させた。さらに何年もかけて、ウースターソースや「ハンガリー・グーラッシュタイプ*5のローストソース」を作った。すべて東ドイツでの成功物語である。

エーリヒ・シェーンベルガーはこういった経験を、信じがたいほどの熱心さで語ってくれた。私は思った。マギーやツァメックやクノール*6に、自分のしていることにこれほど自信を持った男がいただろうか、と。ときどきウースターの小瓶全部をマカロニの皿にかけるんですよ、そのおいしさといったら！と彼は大声で言った。ある知り合いの医者はいつも二瓶をガレージに用意しておき、毎朝クリニックに出かける前に必ず一口飲んでいくのだそうである。

これらはすべてベルリンの壁が崩れたあと、ドイツマルクが東に導入される少し前の時期のことだった。息子のハンス・ユルゲンはすでに西ドイツの食品会社と接触し、肉汁ペーストやウースターソースを使ってくれないかと打診した。しかし連中は何もいらない、むしろ何か売り込みたい、新しい市場を獲得したいとの意向だった。シェーンベルガー・ジュニアはこうした動きをエルシェーナ社だけでなく、ドレスデンで一九七七年開業した第二の会社においても経験した。これはパン類製造業のためのアーモンドの皮をむく会社で、統合前の東ドイツでの同業二社のひとつだった。

壁の崩壊後、「西がやって来た」が東の口癖だ。「さて西がやって来ると……」と誰もが

*5　パプリカ入り肉シチュー。
*6　いずれも有名な食品企業。

言う。自分の会社をすぐさま閉鎖することもできた、と彼は今は言う。「万事は向こうからやって来た。アーモンドの切断、粉砕、何もかも」。

しかしこの新種のシェーンベルガーたちは、あれこれ心配してやる必要のない連中だった。世界のどこへでも飛んで行き、ものの数日の間にマーケットの隙間を見つけ、それをチャンスに最初は小さな、やがて大きなビジネスに育てていく。こういうシェーンベルガーはしたたかに切り抜けていくのだ。

「自分のことは心配していないよ」とはジュニアの一九九〇年の弁である。「私はいろいろなことができるんだ」。

今、彼は「当時は何もかも役に立たなかった。前進あるのみだった」と言う。下積みの人たちが自分史を振り返って、この言葉を表題に使える人がどれほどあるだろうか。

アーモンドの皮むきの仕事は直ちに中止させられた。間もなく肉汁ペーストの生産もそうなった。税率八十七パーセントという東ドイツの経営環境では、利益の蓄積は不可能だった。製造工場は極度に老朽化し、本来ならば大改築が必要だった。と言うのはベルリンの壁崩壊後は食品衛生基準の遵守が一挙に厳格になったからだ。東ドイツの時代はかなりいい加減で、肉汁ペーストが必要なときは役所も大目に見てくれた。今となると、だいたい敷地全体が借地となっており、地主は売る気だったから、閉鎖以外の道はなかった。

そしてどうなったか。

彼は、これまで肉汁ペーストを納めていた約二千以上の調理場や食堂を知り尽くしていた。そもそも東ドイツでは、どの企業体もいわば自給自足体制だった。自分の機械工場、指物工場、車両などすべて自家保有しており、もちろん調理場も備えていた。壁の崩壊後その体制は崩れ、すべての価格が跳ね上がり、これらの部門の人たちは真っ先に首切りの対象になった。そして、残った基幹会社の連中は先行きなんとかして食べていかなければならなくなった。では何を？

シェーンベルガーは妻と一緒に、西ドイツ製の冷凍食品などの即席食品をドルトムント*7から仕入れて販売する仕事を引き受けた。「昔、肉汁ペーストを抱えて退散させられた相手に、今度は冷凍食品を抱えて乗り込んだ」。私が一九九〇年に彼に会ったとき、それが始まったばかりだった。得意先は冷凍ものを試食して、度肝を抜かれたそうである。「ジャガイモが冷凍できて、あとから味わえるなんて信じられない」というわけである。

そして二年間はうまくいった。やがて企業ごとの調理場は閉鎖され、そればかりか企業そのものが立ちゆかなくなった。それとともにこの商売も終わりを告げた。それは必然だった。

そして今。

夫妻は、ある弁護士事務所の小祝宴を開催する委託を、なんとか取りつけた。妻は冷肉料理を準備し、夫は自ら食器類を借り集め、飲み物を揃え、友人から焼きあみを借り、事

*7 エッセン、デュッセルドルフ、デュースブルクなどと並ぶルール地方の拠点都市。人口六十万。

務所の庭でキャンプファイアーを仕掛けた。祝宴は夜の九時に終わる予定だったが、なんと翌朝五時まで続いた。

数日後、客の二人から委託が舞い込んだ。

このようにして「シェーンベルガー・パーティーサービス」が始まった。今では市内の有力業者のひとつに数えられる。常連客にはコメルツ銀行、インフィネオン、工科大学、アウディ、デクラ、ドイツ銀行、スカニア[*8]などがある。またザクセン州議会の新年のレセプションを六年連続引き受けている。

彼の強みは何か。「丸ごと主義なんだよ」。主催者は何も心配しなくてよい。調度類や天幕、音楽はもちろん、お望みとあらばエンターテイナーのワンマンショー、寒いときのほかほかキノコ[*9]、何でもござれだ。千五百人のパーティーも大成功させている。できないものはない。

彼は革のカバンをテーブルに置き、ファスナーを開けて、クリアファイルに挿入されている最高級のビュッフェ料理の写真を見せてくれた。「ほら、これはキャビアだ。上等なものだよ。それにこのカナッペ。うまそうだろう。こんなのは素人が作ったってとてもこうはいかないよ」。彼は得意げだった。

緑色と白色を組み合わせた華麗な磁器の食器の写真もあった。「これは東ドイツの昔からの陶磁器業者をトリプティス[*10]に訪ねて、このブドウの葉の食器を買ったんだ。この手の

＊8　インフォネンはハイテク、アウディは乗用車、デクラはトラック安全検査、スカニアは車両修理の企業。

＊9　大きい電気スタンドのような形をした庭園用暖房器具。

＊10　陶器で有名な町。

平皿は当時八〜十マルクした。高すぎる、なんとかならんかね、と言うとそこの親方いわく。それでは三級品はどうですか。もちろんうちの工房直売品ですよ。結局一皿当たり三マルクで買えたので、早速トラック二台分注文したよ。三級品と言ってもパーティーでは問題にならないものね。その他すべて揃えた。燭台、灰皿、何から何まで。三百人ぐらいだったら、食器はすべてこのブドウの葉の図柄のもので揃えられる。ザクセン州のシンボルカラーは緑と白だしね。結婚式なんかにもぴったりだ」。

彼は自分の仕事が好きなのだ。いつも人々と接触し、彼らを愉快にさせる。彼のまわりに人来たり、人去った。東西統合後、独立して仕事をしようとした連中も少なくなかった。しかし彼らはオフィスだけは立派だが、作っているものは全く世間に通用しないことに気がついた。彼らはすべてを失い、最初からやり直しとなった。

彼の四歳下の弟は、ケルンでアラール石油系のガソリンスタンドを経営している。その彼は東ドイツで出国を申請し、統合直前に去っていった。

彼自身はそれを望まなかったのか。

「全然。私は国のこうした国民監視システムには大反対だったが、私自身がこの地の人たちみんなと強く結ばれていた。会社としても私を簡単に手放すわけにはいかなかった。そのころ年間の売上げは百五十万マルクだったが、これは単価が一、二マルクのものをこつこつ積み上げての話だから決して容易じゃなかったよ。私は四十歳で自分の家と車と会社を手に入れた。ロシアとルーマニアとブルガリアに行った。地中海方面には行かなかったが、これは大事な場所ではない」

彼は東ドイツ時代からオペル・マンタを運転していた。他の連中がワルトブルク[*11]かトラバントを待ちわびているときにである。彼の父は今はメルセデス、以前はオペル・カピテンだった。どうやって？

「まあね。手に入れる気になればね」

東ドイツには、いつも西の車に乗っている連中がいた。たとえばテナーのペーター・シュライアーもそうだったが、彼とは長年の知り合いだった。この連中は当然ながら適当なときに車を下取りに出す。それをねらうのだ。

あるとき彼は、そのオペルで西ドイツに旅行する許可を得た。もちろん最初は何度やっても申し出は却下された。そこでどうにかして担当官のところに乗り込んで行ってこう言った。「私はこの国で育ち、仕事を学びました。私は移住しようというわけではありません。私はここで会社を持っています。ただ伯母の八十歳の誕生日のお祝いに行って、ついでにオペルの修理をしたいのです。それでもだめですか」。

「答える必要もない。許可できない」

ところがある日それが実現した。前日に許可書が来たのだ。

「どういうことだか分かるかね」。彼はちょっと微妙な話をするときのくせなのだが、私

＊11　旧東ドイツ製の五人乗り乗用車。

の肩にそっと手を置いて言った。「私は知り合いの三分の一を失った。彼らは私がシュタージの仲間だと思ったんだ」。

彼は今の生活に満足しているか。

「根は満足している。もし別の可能性があったら、それなりに生かしただろうが。そうはならなかったわけだ。今の望みは常に売り買いの場にいることだ」

そのためには、なんと言っても世の人々にいつも親切でなければならない、と彼は言う。「笑顔を作るだけではだめだ。心底からでないと客にはすぐ分かる」。

彼は、若いときにはもともと自動車の機械工になりたかったが、ちょうど見習い勤務の場所がなかったので、パン焼きと菓子製造を学んだ。これは楽しいなどというものではなかった。朝は二時半から昼の二時まで、金曜は夜から土曜の昼までぶっ通し。「厳しい日々だったがどうということはなかった。働くとはどういうことか、を学んだ」。今日まで働けたのはそのおかげだと言う。

彼は言う。「私はいつも何かを探している。車に乗ってあてもなくさまよう。あ、ここで何かが建つな。ここは新しいビジネス地区だな。そこで会社の呼び鈴を押して、わがサービスを売り込む。もちろんいきなり話がつくわけではない。しかし名刺を受け取ってくれたら一歩前進なのだ」。

これまでの最良の契約はこんな具合だった。最初は門前払い。間に合ってますよだ。た

Schönberger Party-Service
Drei Kronen
Altdobritz 11, 01237 Dresden, Tel.+Fax 2
www.partyservice-schoenberger.

だ幾許かの説明図版と会社の電話番号を渡すことはできた。十五分後、車の中だったが、妻から携帯にかかってきて、先程の会社がもう一度来てくれないか言ってきたという。彼は妻に、今すぐは別件があるので行けないが、明日は時間がある、と折り返し電話するように言った。

「これは嘘も方便だったんだが、効果はあったね」

客の申し出を入手した。当時彼はまだ経験が不足していたので、西ドイツで経営者をやっている親戚に契約案文をファックスした。そのアドバイスで前金を請求したが、金は来なかった。その客の計画する祝宴の前日にその客に電話した。「お金がないと車は回りませんよ。よくご理解下さい。祝宴は中止ですな」。間もなく金が届いた。

彼は言う。「人間少々ずる賢くないとね。相手だってそうなんだから」。

ルート・シュタインフューラー
—ひとつのドイツ史—

われわれは食事をしに「ドイツの樫の木亭」に行った。そこは彼女の職場から遠くないので、昼食に毎日行きつけのようだった。シェフはわれわれに挨拶し、彼女もウェイターたちを前から知っているふうだった。彼女は小さな銀色の携帯電話をテーブルに置いた。いつかかってくるか分からないので、と彼女は言った。彼女の本職は地区ソーシャルワーカーで、とくにミュンヘンのユダヤ人居住区で葬儀の責任者をやっている。たとえば今、ミュンヘンかオーバーバイエルン[*1]のどこかで誰かユダヤ人が死ぬと携帯が鳴り、それに対応しなければならないというわけだ。

彼女は携帯のそばにタバコを置いた。彼女の声はしわがれていたが、たぶんタバコのせいだろう。彼女は多弁でよく笑った。しわがれた、しかし楽しそうな声で。

私は彼女の年を知らないし、彼女も言わないが、ときどき話の中で誕生日や誕生年を推量する手がかりはあった。私は、現在彼女は七十六歳と踏んだ。でもそのことは大事か。

＊1　バイエルン州は二十七の県に分かれているがその一つ。ミュンヘン市を含む。

さよう、いささか大事だ。だいたいの彼女の年が分からないと、これからの話全体が理解できないのだ。

ルート・シュタインフューラーはパッサウ地方[*2]の出身である。オーストリアとチェコの国境からそんなに離れていない。それは彼女の話し言葉で分かる。バイエルン訛りとオーストリア訛りを行ったり来たりする。彼女の旧姓はレーデラーである。ルート・レーデラー。父はドイツ人、母はオーストリア人である。父は法律家で製粉コンツェルンの副部長だった。両親ともユダヤ教についてはあまり考えていなかった。一族の中でも、ユダヤ人と非ユダヤ人の結婚が例外ではなかった。「まさに同化されたユダヤ人[*3]」と彼女は言う。とにかく彼女はまだ小さかったから、その当時のことはあまり知らない。彼女が両親と別れたのは十三歳のときだったが、それが最後となった。

しかし父が心底からの社会主義者だったこと、母方の祖父もそうだったことは彼女に刻み込まれた。母は、世紀の変わり目にベルタ・フォン・ズットナー[*4]が始めた平和運動に積極的だった。

父は第一次世界大戦で兵隊に行った。父は、ナチは長く続かず、いつか終わりを告げる、と長い間――あるいは長すぎる間――考えていた。最前線に送られたユダヤ人兵士の多くもそう考えていた。父はかなり前から、就労禁止処分[*5]を受けていたのに、そのことをチェコにいた一九三九年のころも信じていた。子供を安心させるために言っただけだったのだ

＊2
バイエルン州東端。

＊3
ドイツの生活習慣や文化を身につけて、ドイツ化したユダヤ人。なおナチ政権は一九三五年九月、ユダヤ人がドイツ人と結婚することを禁じた。

＊4
一九〇五年ノーベル平和賞受賞。

＊5
ナチのユダヤ人排斥政策のひとつ。

ろうか。母はもっと現実的だった。いずれにせよ、ルートは多くのことを人の話から知った。「当時は幼くて、誰も私を相手に話をしてくれなかった。私は耳を傾けていただけ」。

ルートは三人の兄妹の一番下だった。兄のエーリヒが十三歳年上、姉のエディットが六歳上だった。一家はナチが政権をとる前にウィーンに移っていた。一九三八年の夏、母は子供たちのプラハへの一時逃避を計画した。ルートは飛行機に乗せられたが、両親の友人の某青年と一緒だった。彼はルートの兄のパスポートを使っていた。兄は自転車でチェコスロバキア国境を越えた。最初にオットー伯父とカティ伯母の農園に行き、さらにプラハにも伯母がいたので、そこで一九三八年の十二月に両親が来るまで世話になった。そして二部屋の住居に五人で暮らした。

父はルートと兄をチェコから正式に出国させる手続きを進めた。姉は親許にとどまるべきだとされ、本人もそう望んだ。ルートはあるとき、兄と一緒にプラハの、ある大きな邸宅にビザのことで出頭したことを思い出す。そこの二階であのアイヒマン[*6]に出会った。「あのアイヒマンが私の出国を認めたと思うと……」。

父がルートと兄をプラハのマサリク駅に連れて行く日がきた。一九四〇年九月二日のことで、それは大量のユダヤ人がナチから逃れるための、最後の最後の機会だった。母と姉が家の窓から手を振っていた。母は大変冷静に見えたが、姉は泣いていた。父がトランク二つとリュックサック二つを載せた干し草用の荷車を曳いた。

＊6　補注参照。

ルート・レーデラーはドイツのパスポートを持っていた。それにはポート・サイド[*7]経由によるベネズエラ[*8]の入国査証が記載されていた。チェコの警官は彼女に「お嬢ちゃん、また会おうね」と言ってくれた。

ウィーン行きの列車が発車した。彼女は座れたが、たくさんの人たちが立っていた。早くもブルノ[*9]で列車が止められ、ＳＳ[*10]が乗り込んできて、無差別に何人かを連行した。ルートの向かいの席に十四歳の男の子がいたが、彼の父親と姉が連行された。その子はそのまま旅を続けて生き延びたが、戦後、精神病院で死んだ。

列車は走行を続け、ウィーンのライヒスブリュッケ駅に到着した。ここにドナウ川汽船会社の船が待機していた。彼女が乗ったのはヴィンドボナ[*11]という船名の外輪船で、彼女には見覚えがあった。小さいころ両親とその船でドナウの船旅をして、子供たちは船上でお伽噺を聞かされたのだ。

その当時ルートは何度かこういう旅をした。結構な費用がかかったはずだが、誰が負担したのか、彼女は今でも知らない。アメリカ系ユダヤ人だったのかも知れない、と彼女は思う。ウィーンには彼らが音頭を取っていた、たとえば「国外移住促進運動」があった。この運動は、商業顧問官[*12]シュトルファー氏がこの地のユダヤ人居住区の協力のもとに主宰していたもので、ゲシュタポ[*13]も一九四一年までは外国移住を許可していたので、大目に見ていた。ブラチスラヴァ[*14]ではさらに多くの移住者が乗船した。そこには何隻かの船が待機

＊7　スエズ運河の地中海側の港、エジプト領。
＊8　南米。
＊9　チェコ第二の大都市。
＊10　ナチの親衛隊。
＊11　ウィーンの古名。
＊12　商工業の功労者に与えられる称号。
＊13　ナチの秘密政治警察。補注参照。
＊14　チェコ領、ドナウ河畔。

していたが、その船客は九か月もの間、フリンカ親衛隊、すなわちスロバキアのＳＳによって監視されながら、収容所で辛抱してきた人たちだった。彼らは一九三九年から四〇年にかけての冬、ウィーンを出発したものの、ドナウ川が凍結したため航行できなくなり、移住計画の資金が続かなくなったのである。

何千人ものユダヤ人が、危険この上ない過剰積載のドナウ船数隻によって、ルーマニアのトゥルチャまで運ばれていった。黒海への河口近くである。途中、ユーゴスラビアのクラドボでは、川岸から何千人もの難民が船に向かって助けを求めて嘆願した。また中に、ルートの記憶によればストルーマという名の船があったが、その船内で疫病が発生して、五百二十人の難民が死に瀕していた。船はブルガリアとルーマニアの国境に釘付けになり、官憲は通過を許可しなかった。そして一隻の船が乗客乗員もろとも沈没した。彼女は確かそれがストルーマだったと言う。

ルート・シュタインフューラーは、当時は多くのこと、とくに自分が置かれている劇的な状況を理解していなかったと言う。

トゥルチャで難民たちは三週間足止めされ、鉄道線路のわきの砂利の上で眠るはめとなった。黒海の港スリナ[*15]にはミロス、パシフィック、アトランティックの三隻の船があった。どれも、もともとは石炭や家畜の運搬に使われた半分腐りかけたようなボロ船で、パナマの国旗が掲げられていた。

＊15　ドナウ河口、ルーマニア領。

彼女の乗ったのはミロスだったが、全員が乗り終わって間もなく、修理が必要となり下船させられた。やっと十月七日に出航。船長はパパドプロスという名で、「感じのいい男」だった。

船長が皆そうというわけではない。たとえばアトランティックの船長は賄賂がきき、思いやりがなかった。これは当時、夫人同伴でこの船に乗り合わせたミュンヘンのアルフレート・ヘラーの表現である。彼はのちにこの旅について『ゼーリヒマン博士の国外移住』という本を書いた。その中で著者は、この移住旅行の異様さは「ユダヤ人難民をナチによる絶滅から救おうとするこの試み自体が、賄賂のきく領事連中や厚顔無恥の政府機関、さらには裏取引の利権屋とそのあくどいやり方に頼らざるを得なかったということ、こういう手合いなしには救出は不可能だったこと、法律は死に、不法がまかり通ったこと」にあると言っている。

船には船室はなく、船客はすべて甲板で過ごした。巨大な蒸気管で暖を取った。七百人という絶望的な過剰船客に対して、トイレは二つしかなかった。「一日中行列しないと利用できなかった」（ルート）。最初から石炭、水、食料が不足していた。アトランティックではチフスが発生し、二十人が死に、船全体が病人と絶望者たちの悪臭と呻吟が充満した監獄だった。ミロスは疫病は免れた。「まだしも健康だった」（ルート）。しかし当然ながら何人かが発狂し、海に飛び込もうとした。死者が出ると水夫が海に放擲《ほうてき》した。

若いルートは、多くのことを他の人とは全く違った風に体験した。ホームシックにかかったが楽しみもあった。兄はマンドリンを持ち込んでいて、音楽を奏でた。船長はしょっちゅう若い乗客に、全員が甲板の一方に偏って船を揺らさないように、警告していた。のちにクレタで船長夫人が乗船したときには、皆で「町を出ようよ」の歌*16を唄った。

船はまずイスタンブールに行き、その地のユダヤ人から食料を供給された。そのあと何か月間も、地中海やかつての戦場だったエーゲ海を迷走しながら、燃料を求めた。船内の燃えるものはすべて燃やされた。

ルートはイスタンブールで、長年愛用の金ペンの万年筆「ナポレオン」を僅かのチョコレートと交換した。「どうかしているよ」と兄は言った。

しかしキプロス*17で、船客は石炭を買うために持ち物一切を手放さざるを得なくなった。万年筆もどのみち同じ運命だったのだ。

キプロスを過ぎたところでイギリスの潜水艦が突然姿を現した。ルートはその情景を決して忘れないだろう。ハッチが開いて、純白の制服の将校が颯爽と艦上を歩いていた。

一九四〇年十一月半ばだった。潜水艦が三隻の船をハイファ*18まで護送した。しかしイギリスは当時、委任統治領だったパレスチナへのユダヤ人の入国を厳しく制限していた。ゲシュタポはユダヤ人の移動自体は認めていたが、イギリスが入国を拒否するだろうことは、すでに出発の時点ではっきりしていた。とにかく、すべて不確実なことに向けての旅であっ

＊16　日本では「ムシデン」で有名。

＊17　地中海の東端の島国。

＊18　パレスチナの地中海沿岸の港。

た。もしかしたらドイツに帰されるのではないか、という不安がつきまとっていた。それもこれも不確実だった。

ミロスの乗船者は、ルートやその兄を含めて、ハイファでパトリアという別の船に移乗させられた。この船はモーリシャス[*19]が目的地だったが、パレスチナのユダヤ地下軍隊はこの移送を挫折させようとしていた。彼らは厳重監視下のパトリア船内で爆薬を仕掛けて船を損傷させ、出航できないようにさせようとしていた。大人たちはこの先の航行をこわがり、とどまりたがった。彼らはハンストに訴えた。

爆発は一九四〇年十一月二十五日に起きた。老朽船パトリアには大きな穴があいて浸水し、あっという間に沈没した。朝九時に爆発し、九時二十分には船は海中に姿を消した。これは仕掛け人たちも望んだことではなかった。船がそんなに疲弊しているとは思っていなかった。ルートの記憶によれば四百人以上、別の資料によれば約三百人が水死した。とくに船底付近にいた連中が多かった。全くチャンスがなかった。

爆発のときルートは甲板にいた。海に飛び込み、陸地の突堤にたどり着いたが、全裸だった。溺死者たちが彼女の衣類を引きちぎっていったのだ。アラビアの警官が毛布にくるんでくれた。膝に傷があって、イギリスの政府病院で縫合された。兄と、ずっと一緒に旅したルートの女友だちのミナ・ロスナーも生きながらえた。

パトリアに乗っていながら難を逃れた人たちは、すべてとどまることを許された。しか

*19 マダガスカルの東。

しパトリアに移乗せずに三隻の船にとどまった連中は、結局モーリシャスまで行った。

こうしてルートはパレスチナに来た。最初の九か月はアトリトという収容施設にいた。これはかつての監獄である。一九四一年か四二年に一度ドイツから便りがあり、プラハのドイツ戸籍役場で姉のエディットが許嫁のマックスと結婚した、とあった。

その後は何の便りもなかった。だいぶあとになって知ったことは、両親はテレジン[*20]に来たこと、そこからリガ[*21]の方角に貨車で連れて行かれたこと、ミンスク[*22]近くのマールイ・トロスティネッツ[*23]で降ろされ、自分の墓を掘らされ、そこに放り込まれて射殺されたこと、であった。父は六十三歳、母は五十二歳だった。姉のエディットと夫のマックスはアウシュヴィッツで殺された。両親の写真といえば姉の結婚式のときのものしか残っていない。今、それは彼女の机の上にある。

ルートはパレスチナで学校に行き、キブツ[*24]で生活し、タバコを栽培し、看護師になり、外科医のところで、のちには精神病院で働いた。最初の夫ハンス・ジークフリートと知り合った。彼の父はユダヤ人だったが、両親はハンスが六つのときに離婚したので、母と二人目の父の許で育てられた。その父もナチに殺されたが、息子はナチに発見されずにすんだ。彼は一時期、ベルリンのカフェ・クランツラーの給仕見習いだった。そしてルートの言うには、一九四八年には「戦う」という冒険心から、イスラエルに行った。

ハンス・ジークフリートとルートは二人の子供をもうけた。息子はイギリス国民として

＊20　プラハ近郊。
＊21　現ラトヴィア共和国の首都。
＊22　現ベラルーシ共和国の首都。
＊23　絶滅収容所の所在地の一つ。補注参照。
＊24　集団農場。

ハイファ[*25]で生まれ、娘はヘルツリア近くのクファル・サバ[*26]で生まれた。当時パレスチナはすでにイスラエルになっていた。

一九五二年に一家はベルリンに引っ越した。九月二日のことで、ルートがプラハを離れてからちょうど十二年たっていた。なぜドイツに戻ったのか。「そうしたかったから」とルート・シュタインフューラーは言う。やはり、ドイツという土地と人々に対して彼女は本当にこだわりなく過ごしたのに、イスラエルは窮屈で、とどまりたくなかった。食料不足ですべて配給制になるなど困難な時代だった。彼女はちょっと変わった表現で言う。「ドイツに帰りたくない気配を無理に作ったりしませんでした。ドイツにはすんなりと収まりました」。

当時はまだ両親がたぶん生きていると思っていた。ベルリンに来て初めて亡くなったことを知った。

兄はウィーンに越し、初恋の女性と結婚し、オーストリアの公務員になり、一九九七年に死んだ。女友だちのミナ・ロスナーは今もイスラエルで暮らしている。

これまでがルートの一生の三分の一である。こうした話は、すべてのドイツ人が知っていなければならない類の話である。そして私はできる限り書いてきたつもりだが、所詮うわべの事実の経過の報告しかできず、すべてのことについてもっと踏み込んでいない、という思いが去らなかった。ルート・シュタインフューラーはもっと詳しいことや、もっと

＊25　現在ではテル・アビブ、エルサレムに次いでイスラエル第三の都市。
＊26　テル・アビブの北方。

深い感情を自分の内に秘めているのだろう。もともと彼女は、自分の話をごく僅かの人にしか話していないと言う。

彼女は言う。「私は昔から、生きていく中で誰にも負担をかけたくなかった。私の心の葛藤に引きずり込みたくなかった。私は全く普通に生きたかった」。

子供のとき聞き分けがよいとは言えず、親に苦労をかけたこと、姉に対してもあまりなつかなかったことが悔やまれる、と彼女は言う。もしこうなることが分かっていたら……。そして親の話になったとき、つけ足すように言った。「今はこのことを話せません」。そしてもう一度「不幸のすべてを語ることなんてできません」と。

彼女は現在、ミュンヘン市内のユダヤ人居住区にオフィスを持っている。それはまさに一時代前のオフィスだ。一九七〇年もののタイプライター、ダイヤル式電話、これはごく最近、今風のものに切り替えた。活版印刷機、二十年前のコピー機等々。彼女は何でも変えることには反対だ。ただ携帯電話とコンピュータだけは最近導入した。毎日朝八時から晩の八時まで、土日も休まずに、社会福祉と葬儀設営の責任者として一家三人のために働いている。過去の深い経験と現在のたゆまぬ働きぶりで、彼女はかけがえのない存在である。

彼女は五〇年代に最初の夫と離婚し、子供たちと最初はウィーンの兄の許へ、ついで一九五四年にミュンヘンに移り、ベルリン時代と同じく通訳として働いた。ドイツ語、英語、フランス語、ヘブライ語、アラビア語、チェコ語の話せる彼女は、ミュンヘンの国連救済機関からも引っ張りだこだった。のちに宗教地区で、とりわけハンス・ラム前区長のオフィスで働いた。

一九七〇年二月十三日、金曜日、ミュンヘンの居住区で放火襲撃事件が発生、七人の死者が出た。そのとき彼女はたまたま外出していた。死者七人とは！　ミュンヘンの戦後最悪のこの犯罪事件は今もって解明されていない。彼女は同じ建物で以前飲食店を経営していたダーフィット・ヤクボヴィッツと、事件のほんの直前、話していた。彼の妻は強制収容所で死んだ。彼は日曜日にイスラエルに移住する予定だった。荷物を詰めたトランクに腰を下ろしている彼に、なぜ日曜日にしたのかと尋ねると、シャバット[*27]に旅行をしてはいけないので、日曜の前はだめなのだと答えた。そしてその七人の一人となって焼死した。

彼女は両親と同じように常に政治にかかわってきた。左派で平和主義者だった。社会民主党の党員であり、エーリヒ・ケストナー[*28]やエーリヒ・クビー[*29]、その他の多くの人たちと一緒に、再軍備[*30]反対のデモに参加し、一時期、バイエルンの兵役拒否組織の副代表を務めたこともある。シュヴァービング[*31]での六〇年代のこと、ミヒャエル・エンデ[*32]とウルズラ・ハーキング[*33]との交友のことなどは、彼女にとっての黄金時代だったようだ。レオポルト通りの「雄鶏亭」で一番安いワイン、ナンバーワンを飲み、そこにある無料のパンをつまんだりした。

のちに彼女はハンブルク出身の技師シュタインフューラーと再婚したが、彼も今は亡い。

＊27
ユダヤ教の安息日の金曜日日没から土曜日日没。

＊28
社会性の強い詩や『エーミールと探偵たち』などの児童文学で知られる作家。

＊29
作家、ジャーナリスト。

＊30
戦後制定された西ドイツの基本法（憲法）には軍備に関する規定はなかったが、一九五四年のNATO加盟に伴い国民の兵役義務が定められた。

＊31
ミュンヘン市北部の地区で、一九六〇年代には芸術家の町として有名。学生運動も盛んだった。

＊32
『モモ』を始めとする多くの児童文学作品で有名。

＊33
女優。とくにケストナー作品に登場して有名。

彼女はミュンヘンの北部墓地に彼を埋葬したが、彼はルートほどミュンヘンが好きではなかったのに、そこで永遠の眠りについていることで、時折気がとがめることがある。

何十年もの間、彼女は宗教地区のソーシャルワーカーとして、ホロコーストの犠牲者たちの面倒を見てきた。彼らのうち何百人もが郊外のハールにある精神病院に入院していたが、今は一人しか存命していないと言う。また多くの人たちが彼女のオフィスを訪ねてきたそうだ。

ある男は四六時中音楽が聞こえると言い、彼女も聞こえるかと尋ねるので、聞こえるけれども、永遠に鳴り続くなんてうるさくないの、と尋ねると、とんでもない、美しい音楽なんだと言う。

ある女性は生涯早食いのくせが治らず、食べ物がすぐまた消えてしまうという心配から開放されず、何でも飲みこむように食べた。最後はある日曜日にソーセージの一切れで窒息死した。

別の女性は、ほとんど毎日のように家の鍵を取り替えた。

ある若い男は洗浄強迫にとりつかれ、どんどんひどくなり、皮膚がほとんどないほどだった。これは若い世代に多いという。

こういう人たちのために彼女は存在している。そして、死亡しても残念なことに、家族の歴史故に出生の記録などの書類が全く残されていない人たちにとっても、彼女はかけがえのない人である。役所は死者についてのこの種の書類を求めるが、おそらくミュンヘンの所轄官庁を探しても、彼女ほど住民と接触している者はいないだろう。また役人たちに、書類がそもそも存在していない理由を十分に説明できるのも、彼女を措いていないだろう。

彼女は信心深くないし、これまでもそうだった。子供たちには、何教かと聞かれたら、バルマー疾病保険金庫派[*34]と答えなさいと言ってきた。

夕方近くなった。ウェイターは勤務交代の前に昼食分の精算をしていた。「ドイツの樫の木亭」はミュンヘンでもかなり知られた店で、以前からもまた今日でも同性愛者たちの集まりどころであるが、同時に、とくに昼時はこのあたりに住んでいる人たち、働いている人たちにとってのお気に入りの食事処である。「樫の木亭」は七〇年代にはライナー・ヴェルナー・ファスビンダー[*35]も常連客だった。来客名簿のほんの一部だけでもアンドレアス・バーダー、クルト・ユルゲンス、アルミン・ミュラー＝シュタール、ペーター・ガウヴァイラー、ゲルト・フレーベ、マリオ・アドルフ、マリア・シェルなどの名前[*36]が見える。そしてもちろんルート・シュタインフューラーの名も。

外は雪が降っている。二〇〇三年のクリスマスが近いある冬の日。われわれは腰を上げた。彼女の息子は今ベルリンに、娘はイタリア人と結婚してイシア[*37]に住んでいる。クリスマスには帰って来るだろう。ルート・シュタインフューラー自身はなかなか旅に出るふんぎりがつかない。ほとんど旅行したことがないと言う。誰かが死んで携帯が鳴れば彼女の

＊34 疾病保険金庫は強制加入保険に上乗せされる任意加入の保険で、ヴッパータールのバルマー疾病保険金庫は六百五十万人という最多の会員を擁している。

＊35 映画・演劇界の異才、三十七歳で夭折。

＊36 これらのうちバーダー（左翼政治家）、ガウヴァイラー（CSU政治家）以外はいずれも俳優。

＊37 ナポリ湾の入り口。

出動となるからだ。

今日はずっと携帯は鳴らなかった。彼女はそれをポケットに入れた。街頭では人々が店から店へと気ぜわしく歩いていた。

ルート・シュタインフューラーはオフィスに戻って行った。

最後の馬丁

彼は身長一メートル六十センチぐらいの小男で、かぶった帽子は頭にしっかり根を下ろしているようで、顔はほほえみを絶やさない。手は短く、指は曲がっていて、腕の血管は隆起している。彼が突然厩舎に現れるときは、まるでその一角から湧いてきて、馬の背後にすっと立ち上がり、すぐにさっといなくなる、といった風情だった。彼は鞍や馬勒《ばろく》*1、藁を積んだ荷車、あるいは馬そのもののように、ほとんど目につかない存在なのだ。誰かが何時間も厩舎の通路に立っていたあげく、ところでどんなものを見ましたか、と聞かれ、馬と鞍と馬勒と藁を積んだ荷車です、と答える。

男がいましたか、帽子をかぶった小男が？

そういえばいましたね、という具合である。

ハンス・ドラガは自分は粗野でぶしつけな子供だったと言う。ところが五歳のとき、爪切り鋏で遊んでいて、厚紙に穴を開けようとして鋏の先を机に押しつけたところ、鋏の先

＊1　くつわ、おもがい、手綱など。

端が折れてはじけ、左目に突き刺さった。それ以来、その目は失明した。右目と同様に動かすことはできるが、結膜がいくらか充血し眼差しは異様に鈍い。そのときから自分の居場所をちゃんと把握するのが難しくなったという。目が片方しかないと距離が分からない。ものの奥行きがなくなる。扉の取っ手のそばをつかもうとしたり、壁にぶつかったり。そんなときは全くぶざまに突っ立っているだけだった、と言う。不器用さを笑われたこともしばしばで、そのためどんどん臆病になり、荒々しい子供は突然用心深い子供になった。

私が彼と初めて会ったのは一九九七年、彼が六十二歳のときだった。「私が何にもなれなかった」ことが腹立たしい、と彼は言った。彼は若いときから厩舎マイスターになることを夢見ていた。しかし当時すでに厩舎マイスターなどという職種はなく、現在ではこの世界そのものが死に絶えている。厩舎マイスター、飼料マイスター、上級厩舎マイスター、州厩舎マイスターなどの世界、彼が名声を得たかった世界、農場や種馬の世界。それは馬が日常生活の一部であり、人間を運び荷物を曳き、人間と運命を共有した時代であった。

ハンス・ドラガはミュンヘンの元厩舎マイスター住宅の二間に住んでいた。それは英国庭園沿いの古い家で、大学の乗馬学校の厩舎と接していた。

彼は生涯馬丁だった。

何にもなれなかったと言うが、彼には類稀な幸せ者、満たされた情熱のオーラがただよっていた。

彼の仕事は七時に始まる。冬の朝は凍てついている。裏庭の藁にかぶせたプラスチックの蔽いはブリキのように固く、堆肥の山の霜が白い。以前は朝四時半には厩舎に出たが、今はそこまではしていない。昔より休息が必要だ。疲れ果てて昼間も休息をよく取り、じっと座って過ごすと言う。真夜中にならないうちから馬を離れることはめったにない。毎日濃厚飼料を四回、干し草を二回与える。何度も厩舎の掃除をする。堆肥フォークの常に変わらぬそっとすくい上げるような動きによって、藁から馬糞を分離して荷車に積み込む。このフォークの先で馬の目を突き刺したりしないかと、いつも心配だと言う。

馬櫛でこすって手入れする。騎乗の支度をする。馬を鍛冶屋に連れて行く。そんなときに馬がいらだったりすると鎮める。馬と話す。お前はなんてかわいいやつなんだ、とか、今日はばかに怒りっぽいじゃないか、とか。堆肥になる馬糞がいつもより多いと、「この豚め」とか「この不潔野郎め」などと言うのだが、本心はそう思っていない。笑いながら言っている。

彼は馬とともに生き、馬のために働き、馬と運命を分かち合い、時が来れば馬の死まで付き添う。ある年の謝肉祭の夜、一頭の馬が腸捻転を起こした。獣医は所有者の同意がなければ殺すことはできない。その同意は取れなかった。夜中の二時にはまだ生きていた。明け方の五時にもう一度見に行くと、「私に助けを求めるようにいななくんだよ」。彼はどうすることもできず、別の馬の厩舎を掃除していると、突然どしんという鈍い音、そしてほかの馬たちのいななきが聞こえた。その馬が倒れて死んだのだった。

「その馬はだいたいいつものろまで、決して感情を表すことがなかった。あのことだけは一生忘れないよ」

その日は、われわれが会った日と同じように寒くて晴れた朝だったと言う。

彼の生涯の思い出話はすべて馬の話である。彼の生地のシロンスクのグリヴィツェ[*2]近辺の畑地で、あるいは四歳のときに引っ越した小さな町バボルフの周辺で、甜菜の収穫期には馬はどんなにせっせと働かなければならないか、泥だらけの畑から、小山のように積まれた甜菜を曳き出すとき、馬がへたへたと座り込んでしまうことがよくあったという。そして空の荷車を曳いて再び畑に戻るときには、並足ではなく、必ず速歩で行かなければならない。あるとき、通りがかりの人たちがある馬丁を殴る蹴るしていたが、それはその馬丁が馬を余りにもひどくこき使っていたからだった。戦争のさなかには、彼の家のそばを、町はずれの激戦地に向かう馬車が通って行った。一家はその戦いを避けてバイエルンに移った。

一家全員は全財産を馬車に積んで、キームガウ[*3]のラウプリングに着いた。馬車を曳くのは明るい色の栗毛の馬だった。当時彼は十歳だったが、荷台に飛び乗った。すると並行して歩いていた御者が言った。「降りなさい。重いものを曳くのは馬だって大変なんだよ」。あんな恥ずかしい思いをしたことはあとにも先にもなかった、と彼は言う。

＊2
ポーランド南部、上部シレジア。

＊3
バイエルン州の南、オーストリア国境に近い山地。

四年の予定で一家はクラインホルツハウゼン村に居をかまえた。そこの人たちがどんなふうに馬とともに生きていたか、馬が切り通しを通って材木を山から谷まで運び、人々の助けになったこと、を彼は繰り返し話してくれた。馬にとってその運搬は大変過酷で危険な仕事だった。馬はすべて雌だったが農民たちは若衆と呼んでいた。どの馬も鞭を打たれることはなく、最大の尊敬の念をもって語られていた。馬たちはすべて、その主のために粉骨砕身して働いた。それは人間と馬との間のもうひとつ別の関係であり、そうした関係は何千年も続いてきたのだが、今では失われてしまった。

二百年前に生きていたら、馬は人間にとってもっと価値があったし、ハンス・ドラガの仕事もそうだったのに、と彼は言うのだ。

馬と人間の最近のかかわり方に、彼はひどく腹を立てている。レジャー乗馬の連中は馬の気分や表情について全然理解できない。彼らにとって、馬の落ち着きのなさは活発さであり、反応の鈍さはむしろ行儀のよさとし、鞍を置くときに馬が激しく首を動かすと、馬は騎乗されるのが嬉しいんだ、などと喜んでいるが、「馬は実のところは、やみくもに走り出したいんです」。

そんなとき彼は、「大声をあげて逃げ出したくなる」そうである。

スポーツ面での成績だけが、馬の価値の物指しになっている。人間世界で「業績」だけが、「どこでも業績顕著な人間だけが」幅をきかせているように。昔は、最良の飼育係でも二頭の馬を世話するのがやっとだった。今は彼自身も十三頭抱えており、それでもまだ楽な方だと言う。一人で五十頭の面倒を見なければならない厩舎も多いそうである。ところで「面倒を見る」とはどういうことか。以前に、牛と豚で満杯だった厩舎を最近馬用に転換した農家は、その意味がよく分からない。馬丁は馬をブラシでこすったり、厩舎を掃除したりするだけなんだから、大した労働でもないだろう、と思っている。「この職業は、私のこれまでのやり方としては、今や事実上死に絶えました」。

彼は怒りをぶちまけるように話したが、不安げでもあった。彼は自分は臆病だと言った。「私は何かを言う勇気がない。間違ったことが起きているのは知っていても、何か言ったら仕事を失うんじゃないかと心配で、黙っているんです。不愉快なことを怖がっているんじゃあ、本当の碌でなしですよね」。

だいぶ前のことだが、彼の末の息子が警官に引っ張られて帰宅したことがあった。警官はその子が自転車を盗んだと疑っていたが、それは濡れ衣だった。そのとき父親は弁護するどころか子供につかみかかった。彼はそのことを繰り返し悔やんでいた。彼の仕事仲間のことだが、その息子が学校で面倒を起こしたと言って、青少年局の役人が家に押しかけてきた。その男は堆肥用フォークを手にその子をかばった。この家族の勇気と結束には頭が下がると言う。

彼の父が一九五〇年代に戦争捕虜から戻ったとき、一家はバイエルンの森林地帯のエギング[*4]に移り、父は以前シロンスクでやっていた地区の煙突掃除マイスターの仕事に再びついた。彼もその仕事の勉強をしたが好きになれず、その仕事をあきらめ、シュッツットガルト[*5]の乗馬クラブの馬の飼育係になった。彼は前々から自分の馬を持ちたいと望み、結婚の折りに父から雌馬一頭を贈られた。「老婦人」と名付けた。それ以来ずっと持ち続けていた。馬を持つことは一般にはストレスの原因になることも多いが、彼の場合はそうはならなかった。ところがシュッツットガルトでは、その馬を持つことができなくなった。乗馬クラブのメンバーがうぬぼれて、馬丁が同時に馬主になることはまかりならぬ、と決めたからだ。彼はやむなく自分の老いた雌馬に鞍をあてがい、ドナウ川沿いにバイエルンの森まで騎乗していった。一年間は仕事がなかった。その後一九五九年にミュンヘンに移り、大学の乗馬学校という小さな不思議な世界に入った。私が彼を知ったのはそのころだった。

「この愛すべき古めかしい場所」にもう約四十年いることができて嬉しいと言う。そして心からの感謝の気持ちを込めて、この乗馬学校の借り主で、自らがかつての軍のチャンピオンだったジークフリート・デーニングのこと、著名な障害飛越し選手である夫人、成績抜群の騎手であるその息子たちのことを話してくれた。ここでは、よそでは考えられないこと、それは多少だが自分のしたいとおりに働くこと、ができるという。彫刻家、音楽家、俳優たちもここに馬を持っている、あるいはここにビジターとしてやって来る。リーゼロッテ・プルファー、ホルスト・ブーフホルツ、ロイ・ブラック[*6]。あるときはソラヤ[*7]が彼の厩

＊4
バイエルン州東南端の村。

＊5
バーデン・ヴュルテンベルク州の州都。人口約六十万の工業都市。

＊6
いずれも俳優（プルファーはスイス人）。

＊7
ベリーダンスで有名な舞踊家。

舎の馬に乗って写真に納まってくれた。「場所はイーザル川の対岸の、何といいましたかね、ボーゲンハウゼン[*8]でしたかね」。

ヴェロニカ・フェレス[*9]の馬の世話もしている。そのほか多くの馬学者、馬術教師、関係者たちがしょっちゅうここに出入りしている。彼らとお互いに知り合っていることは、彼の誇りだ。彼の子供たちもここで育った。しかし一番上の娘は、彼が他人に仕えていることで悩んでいた。この娘は、最初は母親とバイエルンの森に住んでいた。あるとき父親が訪ねてきて抱擁されたとたん、厩舎アレルギーの発作を起こした。のちにミュンヘンでコーチゾン[*10]の治療を受けなければならなかった。「北海に行かせることもできなかったので」。

上の息子にも苦労させられた。仕事はなんとかやっていけたが、人に頭を下げようとしない子で、馬丁の身分を軽蔑していた。下の息子はその二年前にバイクの事故で死んだ。明け方に警官が来てそのことを知らされた。それ以後、ほとんど毎日教会に行っている。彼は、子供たちは違う環境で育った方がよかったかも知れない、と言う。乗馬学校の裕福な子供たちにとって当然の多くのことが、彼の子供たちの手の届かないことだった。ゲーム機にどんどんお金をつぎ込み、誕生日のプレゼントにはモペットをもらい、それを猛スピードで乗り回して馬場を台無しにする、などなど。

二百年前に生きていたら。

当時、馬丁は結婚を許されていなかった、それでよかった、と彼は言う。厩舎マイスター

＊8
ミュンヘン市内二十五地区の一つで、市の東部に位置する。

＊9
一六六頁＊4参照。

＊10
副腎皮質糖質ホルモンの一つ。抗炎性、抗アレルギー作用あり。

だけが世帯を持てた。

彼は、息子が人に仕えたくないというのも分かるが、同時に心配でもある。「世の中の人々と協力しないと、結局押しつぶされてしまう」。

馬の荒々しさと臆病についてだが、彼はあるとき、著名な馬術教師リンダ・テリングトンの言葉を聞かせてくれたが、忘れられない言葉である。「馬は不安でいっぱいの動物です。人間が馬に与えることができる最大の好意は、その不安を取り除いてやることです」。

人間が馬に見出す不安は、実はその人間自身の不安ではないのか。馬がその人間に見出すものは、その人間が馬を理解しているということではないのか。人間は馬に自分の姿を映し出している。人間は馬が必要とするものを与えることができる。それは人間自身が必要としているから、分かるのではないか。

われわれは厩舎にいた。一頭の種馬が馬房に連れ戻されるのをいやがり、荷車の堆肥のそばで嗅ぎ回っていた。ドラガは怒り、その馬を荒々しく押し戻した。彼の言うには、一群の種馬の中にはリーダー馬がいて、どの種馬もこのリーダーの意志に反して何かすることは許されないのだそうである。では人間の厩舎番はどこが違うのか。厩舎には秩序がある。秩序に生きれば安全を感じる。

あるとき、休暇でスペインのアンダルシアに行き、ペラルタ家の馬飼育場を訪ねた。有名な乗馬闘牛士たちを育てた一族である。彼はそこで、ある馬房の前に立ち、大変美しい一頭の馬を子供のようにじっと眺めていた。そこにペラルタ家のひとりがやって来て彼の肩を叩き、その馬を曳き出し、彼の前に連れて来て言った。「たぶん、もっと美しい馬が世の中にいるでしょうが、この馬ほど性格がはっきりしているのはいないと思います」。

そういうことをしてくれたのは、ハンス・ドラガが何の取り柄もないが馬のことを理解できる男だ、ということを先方が見て取ったからだろう、と彼は言う。最近のドイツの若僧たちには、こうした人間と馬とが通じ合うことなど考えも及ばないだろう。もちろん、今でもドラガを尊敬し、馬たちを理解し、昔の大学乗馬学校時代を思い出して、彼ともども泣き、笑ってくれる人は少なくない。しかし馬丁は道で小突かれるこのごろだ。昔は一般の人は「厩舎に入っていいか」、と聞いたものだが、今は誰でも、子供でも平気で入ってくる。彼は言う。「連中は人の注意など聞きはしない。まして馬丁の言うことなど。馬丁という身分そのものが笑い飛ばされる」。

彼は自分と馬の近さを感ずる。馬の不安は彼の不安、馬の命は彼の命である。馬に払っている注意は彼自身に向けてほしい注意である。多くの馬の乗り手が馬を理解していないのは、彼らがドラガを理解できないのと同じことだ。

なぜ私はこのことを語るのか。それは昨今失われている人間の行為の尊さや、慌ただしく過ぎていく時代の中での時間を問うているからだ。

彼は最近バイクを検査所に持って行った。その壁には作業別の制限時間表が貼ってあった。「今は何でもスピード時代なんだね。嫌いだね」と彼は言うのだ。彼の娘は障害者ケアの仕事をしたことがあるが、忙しすぎて患者と話す時間も碌に取れなかったそうである。

ハンス・ドラガはなぜ二百年前の生活にあこがれるのか。それは現在とは別の論理、人間から動物へ、動物から人間へ、そして人間から人間への、現在とは別の心のつながり方にあこがれているからだ。今の世の中は時間がかかるものは価値が低い。金を支配できても時間がない。金持ちになって馬を買うことはできようが、そういう連中はかつての馬丁が馬に与えたものを与え、馬から得たものを得ることができるだろうか。

当時彼は六十二歳、三年後には彼の人生であった職場を去ることになっていた。彼はいつも、自分は年をとらないという感覚を持っていたという。彼の妻は、彼が親から相続したバイエルンの森の小さな家に、少し前に移った。そこで彼女の高齢の両親の世話をしていた。そのときから、彼が住んでいた二部屋のうちのひとつは家具なしだった。そこに三年分の家具を備える金がなかった。大きな稼ぎをしたことはなかった。年金がいくらもらえるか、計算もしていなかった。子供が小さいうちは、祖父母が支援してくれたのでなんとかやっていけた。仕事を辞めたら彼もバイエルンの森に移らざるを得ない。ミュンヘンはものが高すぎる。エギングには小さな家がある。だが馬を持つなど論外だろう。そんなに稼げない。

彼はぼそりと言った。「私は馬なしなんて考えられんのですが」。

それが一九九七年のことだった。それから六年経った現在、彼の安否を尋ねてみると、彼は実際に年金生活者となり、バイエルンの森に移っていた。自分の馬は持っていなかったが、ある期間一頭だけ世話をしていた。

夜の十一時頃だった。私は彼と久しぶりに乗馬学校の暗い敷地を通って、厩舎に行った。ちょっと鼻をつくような馬の匂い、蹄に踏まれる藁のガサガサいう音、彼を迎える低いいななき。厩舎の通路を一匹の黒猫が走った。誰かが捨てていったので、毎日餌をやっているとのことだった。馬房の格子を開け閉てすると大きな音がした。彼は堆肥をかき回し、干し草を取ってきて馬たちに与えた。そして自分の馬を馬房から出してきた。アゼルバイジャン産のデリボ・アラブ、白い雌の六歳馬を買ったのだが、慢性的な腱鞘炎持ちだった。五体満足だったら高くて買えなかっただろうと言う。世話をしながら健康体にしようと考えたのだったが、うまくいかなかった。彼は、首と尻尾の下にある黒色腫を指さした。それは癌による血瘤で、馬はそれに苦しんでいて結局は死ぬのだそうである。だけどかわいいやつなんですよ、これに騎乗するのは素晴らしいですよ、叱ったりするとすぐ分かるんです、放心したように突っ立って、今にも泣きそうなんだね。馬は泣けないけどね。

ときどき彼はこの時間に公園で騎乗した。真夜中でなければ、そこでいろいろな人に会った。自分の家で練習できない音楽家や、散歩中の枢機卿、またあるときはトルコの少女たちが彼を取り巻いて、黒い衣裳を翻しながら踊りを踊った。

また別のとき、明け方四時頃、馬を街灯の下に止めると、酔漢が自転車でやって来て馬をじっと見据え、いったん倒れてから立ち上がり、もう一度馬を凝視してから突然抱きつき、何回も叫んだ。「おい、ごめんよ、分かってくれよ、おれは今幸せなんだから！」

アイスクリーム

ドイツで世の人たちに、人生最初のアイスクリームについてのアンケートをやってみたらどうか。どういう名前だったか、味はどうだったか、どこで、いつ、誰のために買ったのか。この回答結果を集大成すれば、あるいはこの国の歴史が書けるかも知れない。

私の最初のアイスクリームはカプリだった。カプリは黄色いスティック型アイスキャンディで、オレンジの味がした。いや、オレンジの味がするはずだったし、実際に最近のものに比べてもまぎれもなくオレンジの味がした。このアイスクリームのことをじっくり思い出すと、あの冷たく強烈なオレンジの味が、今でも舌に残っている気がする。決して忘れないだろう。子供の味覚は大人より鋭いのだ。

このアイスクリームはときどき冷たすぎて、最初のひとなめのとき舌に一瞬凍りつき、ちょっと動かしてやっと溶けるのだった。

子供の私は、カプリ目当てのグロッシェン貨[*1]を何個かもらうと、私の家の近くの共同家

*1　一グロッシェンは十ペニヒ。

庭菜園をぶらつき、付設の食堂に入った。薄暗いバラック造りで、コヴァルスキーという男が仕切っていた。カウンターのほかテーブルが三つ、ゲーム機一台、そしてアイスクリームのストッカーがあった。

コヴァルスキーは肥って禿頭で、畝織りで袖なしのアンダーシャツを着、サスペンダーが体にぴったりめり込んでいるが、灰色のズボンはだぶだぶで、にこりともせずにビール樽の栓を動かしていた。自分の定位置からほとんど動かなかった。三つのテーブルの客たちが彼の注ぐビールを取りに行かなければならないときでさえ、自分からお届けするのはとんでもない、という風だった。

客は三々五々の家庭菜園の人たちがいたが、むしろ通りの向こう側の仮設住宅の連中が多かった。ここにはポーランドやロシアからの移住者や、戦後の引揚者などが住んでいた。ドイツ語のよく話せない人たちが多く、すぐに鉄拳が飛び交った。アイスクリームを買いに行くと、よく殴り合いを目にしたものだった。そんなときは、カウンターの向こうのコヴァルスキーが直ちに息をはずませて飛び出してきて、ごつい手で喧嘩の当人たちの襟首をつかみ、粗末な建物の前の埃っぽい小さな駐車場に放り出してケリをつけていた。

私はアイスクリームを買おうとしてこの男の前に黙って立っていた。やっと彼は私の方を向き、黙ったままじっと私を見た。実際、彼がその蛙面を私に向け、虫けらのように見下し、注文を聞いてくれるまで、五分も十分も待たされたことが、その後何度もあった。

「カプリひとつ下さい」

彼はストッカーをかき回してアイスクリームを取り出し、私がカウンターに置いた小銭を、開けたままの現金抽出しに放り込んだ。そして数秒後には、私はカプリを手に通りに立っていた。それは日に照らされて黄色に輝いていた。

私は最初のアイスクリームを薄明かりのする穴の中から買ってきた。そこでアイスクリームは、あの毒気のある蛙親父の不審の目で宝物のように見張られていたのだ。アイスクリームの見張り人、コヴァルスキーに追い払われることをいつも覚悟しながら、ついに手に入れたのだ。

最初のアイスクリーム。それは全く、人生というものがどんな魅力を、どういう甘さ、冷たさ、つややかさを提供してくれるのか、の象徴でもあるのだ。私は思った。いつの日か私は、アイスクリームを買うためのなにがしかのお金を大人にせがむこともなくなるだろう。蛙親父が振り向いてくれるまで待つこともなくなるだろう。そしてまた、この先ある日、球形アイスだろうと氷山アイスだろうと、私が欲しいものを選べる日が来るかも知れない。すべてが私のものになる日が。

そもそも、アイスクリームが嫌いな子供がいないのはなぜだろう。チョコレートやマジパン[*2]が嫌い、ということはあっても、アイスクリームだけはどの子供も大好きだ。思うに、アイスクリームはすべての甘いものの中で、一番子供に向いているからだろう。保存した

＊2 すりつぶしたアーモンドに砂糖・香料などをまぜたもの。

り、翌朝までお預けにしたりできない。今ここですぐに食べなければ、もうアイスクリームではなく、地面に落ちたしみになってしまう。子供はみんな即刻主義であり、お預けなどまっぴらである。アイスクリームも延期には耐えられないのだ。

さて次は、最初でなくて最後のアイスクリームについてのアンケートをしなければなるまい。

私はいつも一枚の両親の写真を持っていた。今探しても見当たらないのだが、はっきりと覚えている。北海のある島のカフェで、両親はプラスチックの椅子に座っている。北海の風に髪を乱され、二人はじっとカメラを見ている。父は片方の目を戦争で失ったので、ガラスの義眼で凝視している。母は注意深く灰白色の縁の眼鏡をかけ、それが彼女の目を大きく悲しげに見せている。

二人が座っているプラスチックの白いテーブルの上に、二つのバカでかいアイスクリームカップが置かれている。脚付きのガラス杯で、明るい色のアイスクリームと若干の果物、それに泡立てた生クリームの山が白く輝いている。

この撮影から何か月も経たないうちに父は死んだ。母の死はその五年あとだった。この写真は二人が写っている最後の時期の一枚である。おそらく最後の写真だ。

しかし、そのことがこの写真を見ると心を打たれ、悲しくなる理由ではない。

二人の老人の前にあるカップ、淫らというほどに膨張し溶け出したアイスクリームが理由なのだ。これは絶望の図柄である。子供にとってのアイスクリームが将来への約束だとしたら、ここにあるのはいったい何だ。あざけりか。一人の人間にこれ以上大量のアイスクリームを据えることはできまい。それを飲み込むことは誰もできまい。この山のようなアイスクリームの中には、どのような満たされなかった羨望や、言葉に出せなかった願いや、凍りついた欲望が潜んでいるのだろうか。私は思うのだが、もし両親がもっと快適な人生を送っていたら、経験したり、感じたり、悩んだり喜んだり、気持ちを整えたりすることももっと多彩だっただろう、と。そうすればこの年になって、アイスクリームに目がない、などという幼稚な欲求は持たなかっただろう。

しかし両親の世代はそうはいかなかった。戦争が終わっても世の中に対してバリケードを築く世代なのだ。

父は年金生活者だが、自分の土地に侵入してくる駐車違反者を相手に、手紙や陳情書や弁護士を使って戦っていた。そうしなければ生存が脅かされるかのように。父は秩序を欲した。どんな無秩序も心配の種だった。

母は少しばかりの安定のために、多くの希望を犠牲にした。母は年とってから、あるとき私に初めて、しかも一回だけ、私の祖父についての真実を話してくれた。母は小さいとき祖父に見捨てられ、父親なしで祖母と一緒に親類の家で育てられた。少女時代に一度だけ、制服姿の祖父が演壇の上にいるのを遠くから見た。ナチの時代だった。祖母は母に耳打ちしてくれた。「向こうにいるのがあなたのお父さんよ」。母が祖父を知るようになったのは、成人してからだったという。

長い人生を送りながら、それを心ゆくまで味わえなかった二人。バケツのように大きなカップに、山のように盛られたアイスクリームの前の、人生の最後を迎えた、二人の子供。

肥った男

肥った男。私はこの男が気になってしょうがない。私は彼に会ったこともなく、名前も知らない。しかし彼は私の心を打つのだ。こうやって浮遊しているのは素晴らしいではないか。国全体のことを考えているのだろうか。体が重くて、時折振る舞いが粗野で、しかしなんとか体重を減らし、何か軽快に浮遊するもの、何かイタリア的なものを持ちたいと思っている彼。しかし願望は満たされない。神はひとりの肥満男を創造し、リフトの鉄製の椅子に座らせ、神の手（それはこの写真より上にあるから残念ながら見えない）に導かれて世界を眼下に見て浮遊させ給う。彼はそれが嬉しいのだ。想像するに、間もなく彼のリフトがここまで来て、彼は鉄椅子から降り、リフトの番小屋で喜色満面で言うだろう。「すげえ。モーターは何馬力だい？」

謝辞

まず「南ドイツ新聞マガジン」の編集者に謝意を表します。本書の一部は最初に同マガジンに掲載されました。また本書に収録されている写真の選定に際しては、マルクス・ラスプ氏のご協力が欠かせませんでした。さらに、私は「南ドイツ新聞」の編集部に在席していた数年間に、取材旅行中いろいろな人たちと知り合い、本書に登場させております。そのことについて同新聞に感謝します。私に話をしてくれ、私が書くことを快諾してくれたすべての人たちに、お礼を申し上げたい。大部分の人たちの名前は実名であり、写真も実物です。ごく一部ですが本人のご希望で、名前と地名を変えた場合があります。そしてただひとり架空の人物を創作しました。それがハリーです。

写真家一覧

p. 7 Stephen Wilks
p. 19 Myrzik + Jarisch
p. 31, 67, 73, 101, 105, 110, 135 Markus Schädel
p. 37 Regina Recht
p. 52 M. Neugebauer / ZEFA
p. 75 Olaf Unverzart
p. 117 Rainer Wohlfahrt / Frankfurter Allgemeine Zeitung (23.3.02)
p. 124, 126, 129, 132 Nick di Camillo
p. 141, 148 Jürgen M Pietsch
p. 152, 207 Axel Hacke
p. 158 Goggi Strauss
p. 168 ddp
p. 173 Manfred Willmann
p. 175 C.H. Meyer
p. 178 Ulrich Schrader
p. 181, 182 Gleimhaus Halberstadt
p. 192 Dirk Reinartz / Visum
p. 195 Christian Stoll
p. 200 Wolfgang Weber
p. 225 Konrad Müller
p. 245 Claudio Hils

p. 75 の写真に写っているのは著者本人。

ドイツ略図

「　」本文章題

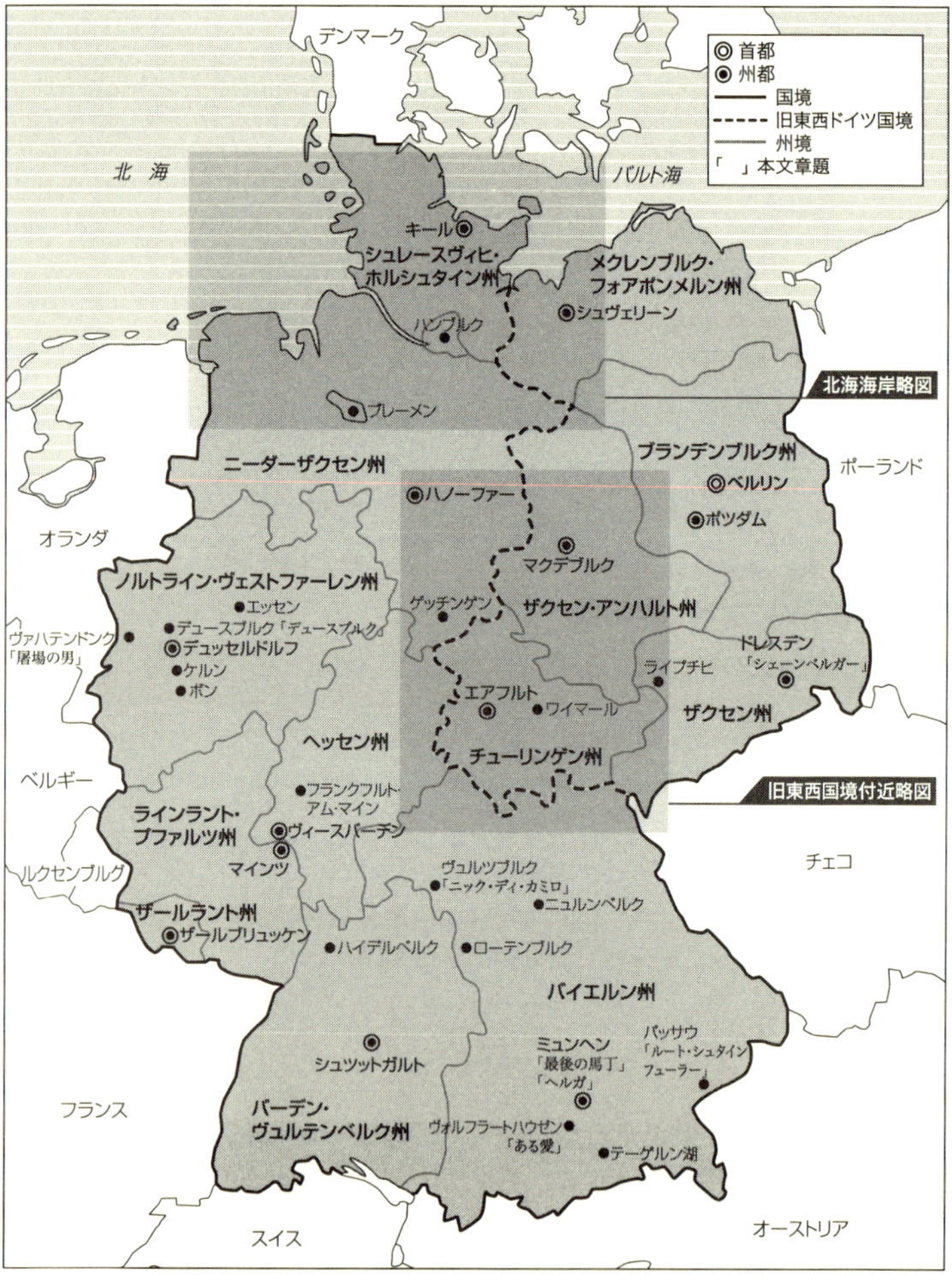

◎ 首都
◉ 州都
国境
旧東西ドイツ国境
州境
「　」本文章題
デンマーク
北海
バルト海
キール
シュレースヴィヒ・ホルシュタイン州
メクレンブルク・フォアポンメルン州
シュヴェリーン
ハンブルク
ブレーメン
北海海岸略図
ニーダーザクセン州
ブランデンブルク州
ポーランド
ベルリン
ポツダム
ハノーファー
オランダ
マクデブルク
ノルトライン・ヴェストファーレン州
エッセン
ゲッチンゲン
ザクセン・アンハルト州
ヴァハテンドンク
「屠場の男」
デュースブルク「デュースブルク」
デュッセルドルフ
ケルン
ボン
ドレスデン
「シェーンベルガー」
ライプチヒ
エアフルト
ワイマール
ザクセン州
ヘッセン州
チューリンゲン州
ベルギー
フランクフルト・アム・マイン
旧東西国境付近略図
ラインラント・プファルツ州
ヴィースバーデン
マインツ
チェコ
ルクセンブルグ
ヴュルツブルク
「ニック・ディ・カミロ」
ニュルンベルク
ザールラント州
ザールブリュッケン
ハイデルベルク
ローテンブルク
バイエルン州
パッサウ
「ルート・シュタインフューラー」
ミュンヘン
「最後の馬丁」
「ヘルガ」
シュツットガルト
フランス
バーデン・ヴュルテンベルク州
ヴォルフラートハウゼン
「ある愛」
テーゲルン湖
スイス
オーストリア

旧東西国境付近略図

旧西ドイツ
旧東ドイツ
ハノーファー
ブラウンシュヴァイク
（著者の生地）
ヘルムシュテット
マリエンボルン
「マリエンボルン」
シェーニンゲン
イェルックスハイム
ヘーテンスレーベン
「マラシェフスキ」
マクデブルク
ホルンブルク
ニーダーザクセン州
ハルバーシュタット
「田舎礼賛」
ザクセン・アンハルト州
ゲッチンゲン
ライプチヒ
ナウムブルク
ニーダードルラ（ドイツの中心点）
「純血種の家禽」
ヘッセン州
ドルンブルク
ドルンドルフ
アイゼナハ
エアフルト
ワイマール
イェナ
「牧師」
チューリンゲン州
ヒルシュベルク
「死んだ豚」

北海海岸略図

本文「ドイツの男たちと海」参照

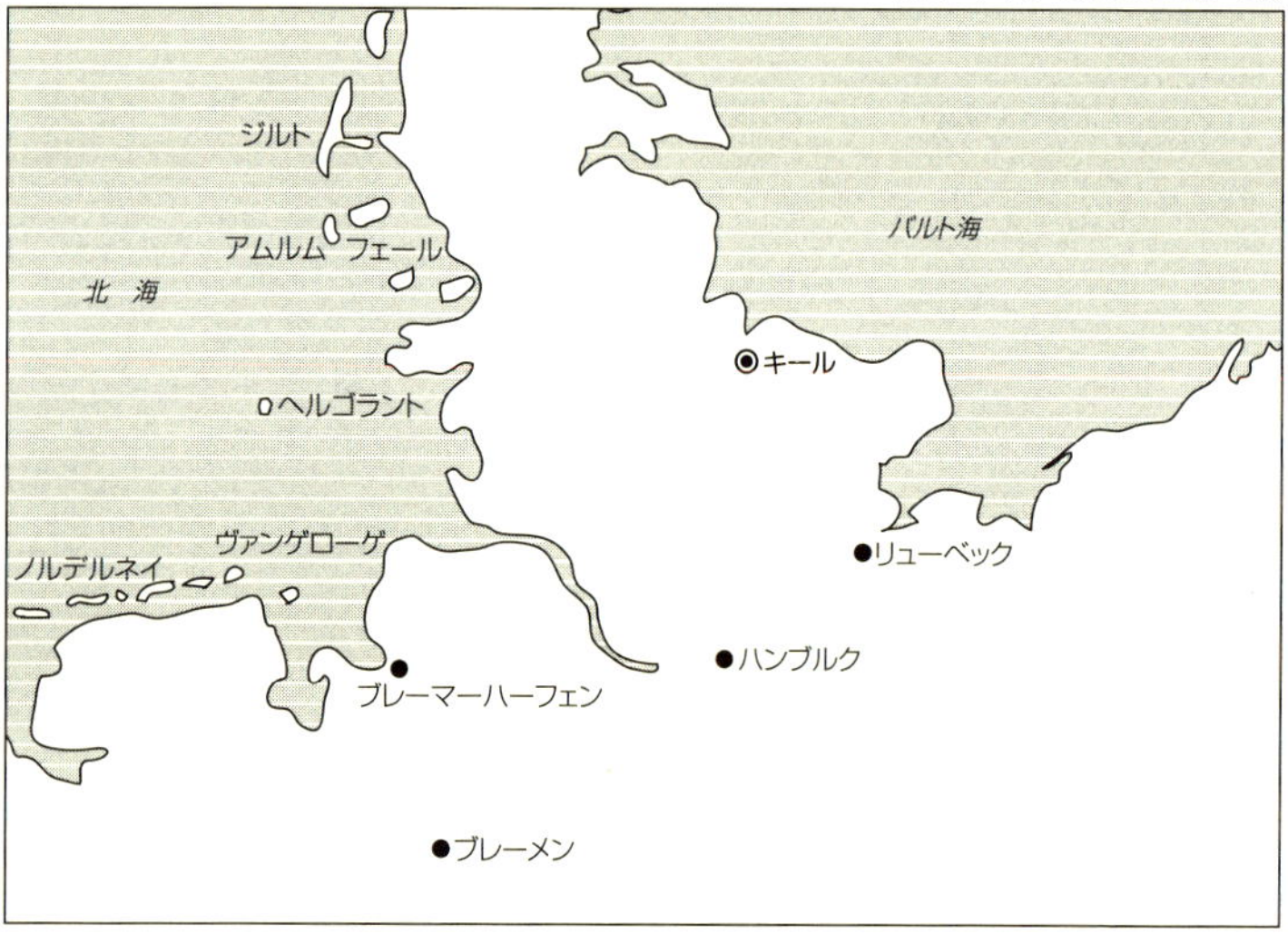

補注

本書はエッセー集であって歴史の本ではないが、参考までに若干の史実と数字を付記しておく。

まずユダヤ人問題である。ナチ政権のユダヤ人政策はほぼ三段階にわたってエスカレートした。最初はユダヤ人の経済活動からの締め出し、さらには公民権・生存権の制限と剥奪である。一九三五年の「国民法」によって、ドイツ国民とは、ドイツ人またはそれに類する血統の国民だけを指すことになり、ドイツ人であることを全く疑わなかったユダヤ人は、突如として第二級の国民とされてしまった。ついで国外移住の組織的暴力的推進、そして「最終的解決」としての大量殺戮である。大戦開始前までのナチス政権の政策は、ユダヤ人をドイツ及び支配地域から放逐することであった。しかしながら戦争の進行とともに支配地域が拡大し、放逐すべきユダヤ人が激増してくると、強制移住政策に破綻が生じてくる。行き先の不明確な「移送」がいつのまにか「絶滅収容所」への旅に変わっていった。戦争が終わるまでにゲットーや各地の強制収容所で殺されたユダヤ人の数は、五百九十万人に上ると言われる（以上、大澤武男『ヒトラーとユダヤ人』『ユダヤ人とドイツ』、シェーンベルナー『黄色い星』、ベーレンバウム『ホロコースト全史』などによる）。なお大量殺戮の責任者とされ、戦後イスラエルで処刑されたアイヒマンが「ルート・シュタインフューラー」に登場している。

ところで、ドイツは一九四五年五月に西欧三か国連合軍及びソ連に無条件降伏し、同年八月のポツダム協定にもとづき、ドイツはオーデル・ナイセ川以東をポーランドに割譲し、その残りは米英仏ソの分割占領に委ねられ、ベルリンは四か国の共同管理となった。そして一九四九年にいたって、ドイツ連邦共和国（いわゆる西ドイツ。首都ボン）とドイツ民主共和国（いわゆる東ドイツ。首都は東ベルリン。西ベルリンは西ドイツ領）が成立した。

ソ連占領時代から東ドイツが悩まされたのは、難民の流入と東ドイツ市民の西ドイツへの逃亡であった。オーデル・ナイセ川以東の旧ドイツ領だった東プロイセンやソ連領などから、大量にドイツ人被追放者が東西両ドイツになだれ込んだ。また東ドイツから西ドイツへの逃亡者も多数に上った。さらに比較的遅い時期の東欧地域からの引揚者や、長い捕虜生活ののちの復員者など、戦後のドイツは大量の帰国者や難民や逃亡者を抱えることとなり、政治経済面での大きな負担となったと言える。著者の回想に登場する画一的な集合住宅などもその象徴であろう。

さて一九五二年五月、東ドイツは西ドイツとの境界に幅五キロの立ち入り禁止地帯を設置していたが、一九六〇年五月には、ベルリンを除く西ドイツとの国境一、三七八キロにわたり、鉄条網を張りめぐらせた。逃亡者はこれを突破することは困難なので、多くは東ベルリンに入り、東ベルリンから西ベルリンに逃亡することになった。そして一九六一年八月十三日、突如いわゆるベルリンの壁が構築された。西ベルリンへの逃亡を武力で抑圧するための障壁であった。その結果二つのドイツは完全に分断された。そして一九八九年十一月九日、劇的なベルリンの壁の崩壊を経て一九九〇年十月三日、東ドイツが西ドイツに併合される形で再統合が実現した。

ついでながら本文でも再々登場する悪名高き東ドイツのシュタージについて。シュタージは国家保安機構（シュターツジッヒャーハイトディーンスト Staatssicherheitdienst）の略称である。通常の警察機関である人民警察とは別の秘密政治警察で、対外諜報活動も兼務していた。初期には旧ナチ政権時代の秘密政治警察ゲシュタポ（ゲハイメ・シュターツポリツァイ Geheime Staatspolizei）の残党が協力したが、規模はゲシュタポよりはるかに強大で、正式職員数は一九八九年時点で十万人、ほかに情報提供者が十万人いたとされる。東ドイツの人口は約千七百万人であるから、国民百人に一人以上がシュタージのために働いたことになる。なおナチ時代に登場するＳＳは親衛隊（シュッツシュタッフェル Schutzstaffel）の略称である。

最後に現在のドイツが悩んでいる失業について。一九六〇年代の西ドイツのいわゆる黄金時代には労働力の不足が顕著であったが、二度の石油危機で生じた景気後退によって失業率は急速に悪化し、その後も顕著な改善を見せていない。加えて東西ドイツの統合後、旧東ドイツでは経済改革のため三分の一以上の職が失われた。また経済拡大期に大量に国策として入れていた外国人労働者や、主として東欧に移住していたドイツ人の帰国者の増加、さらには最近の景気低迷などによって、ドイツの労働市場は大変厳しい状況におかれている。二〇〇五年七月の失業者は約四百七十七万人、失業率は十一・五パーセントに達した。とくに旧東独の失業率が高く、旧西独の二倍以上の十九パーセントとなっている。また、全国では一年以上の失業者が三十五パーセントに及ぶ（朝日新聞二〇〇五年四月六日付）。主要国と比べてもドイツは最悪である。二〇〇四年九月の失業率はドイツ十・七パーセント、フランス九・九パーセント、アメリカ五・四パーセント、日本四・六パーセント、イギリス二・七パーセントとなっている。

訳者あとがき

本書はアクセル・ハッケ氏の近作『ドイツのアルバム』Deutschlandalbum 全三十二章のうち二十六章を翻訳したものである。

ドイツのミュンヘン在住の文筆家・ジャーナリストである同氏は、一九五六年、ブラウンシュヴァイク生まれで、ゲッチンゲン大学及びミュンヘン大学で政治学を専攻、一九八一年から二〇〇〇年まで「南ドイツ新聞」（ミュンヘンで発行されている有力紙）で、スポーツ記者、政治記者、コラム作者などを務めた。現在は執筆、講演、放送などで活躍中、人気作家のひとりと聞く。著書は評論、文学作品のほか童話などと幅が広い。数点がすでに邦訳されている。ドイツ国内で各種の賞を受けている。なお生地のブラウンシュヴァイクは旧東独国境に近い中都市で、そのことがジャーナリストとしての同氏の原点なのではないか、というのが訳者の感想である。

本書は、同氏自身の経験談や自ら取材した実話をベースにしたエッセーを集めたものであるが、「まえがき」で述べられているように、ねらいは個々の事実の記録を通してドイツという国、あるいはドイツ人の実像を浮かび上がらせようとしたものである。書名は「アルバム」となっており、実際四十点ほどの写真が収録されているが、単なる写真集ではなく、むしろ「文章と写真で綴るアルバム」と言うべきものであろう。

訳出の作業をしながら、日本のわれわれはドイツあるいはドイツ人を、本当によく知っているだろうか、ということを反省させられた。明治以来の西洋文明文化の吸収先のひとつとしてのドイツ、第二次大戦の枢軸国で一緒に戦って敗れ、戦後は奇跡の復興を為し遂げたドイツ、ライン川やロマンチック街道で有名な、日本人好みの観光国ドイツ、勤勉で几帳面なドイツ人等々、ドイツに対してはかなりの親近感や畏敬の念を持っている。昨年から今年にかけては「日本におけるドイツ年」で各種のイベントが催されるし、今年はサッカーのワールドカップがドイツで開かれる。しかし本書を読むと、ドイツという国が担っている、あるいはドイツ人の深層に横たわっている重い歴史のくびきと、現状・将来についての期待と不安が伝わってくる。

その大きなテーマは三つあるようだ。一つは、第二次大戦が終わって六十年経ったのに、まだ戦争は終わっていない部分があること、二つ目はユダヤ人問題、その主たる加害者としての懺悔と恐怖、そして三つ目は東西ドイツへの分裂と再統合、その決して短くなかった民族の異常事態と、その修復後の新しいドイツが抱える幻滅と重荷、とくに深刻な失業問題である。

これらのことが、濃淡の差はあってもいわば執拗低音のように全編を流れている。最近とみに短期志向になっているわれわれ日本人としては、こうした根深い問題をじんわりと突きつけられると、思わず立ちすくんでしまうのである。ごく最近のこととしても、昨年五月に、ベルリンの中心地ブランデンブルク門の近くの、連邦議会議事堂からも遠くない一万九千平方メートルの敷地に、虐殺された数百万人のユダヤ人のための二千七百基の記念碑（ホロコースト悔悛碑）が建てられたが、日本の国会議事堂の真ん前でこのようなことができるだろうか。また同じころモスクワでは、対ドイツ戦勝六十周年記念式典が開かれ、ドイツを含めて世界中の国の元首たちが参列した。ドイツの人たちはこれらのことを、どのように受け止めているのだろうか。

この本の特徴は、登場人物がすべて名もない市井の人や聖職者や職人などだ、ということである。実業家も登場するが、日本流に言えば中小零細企業である。有名人はかなり多く引用されるが、主人公になった話はひとつもない。これらの人たちの、歴史の激流に翻弄されながらもささやかな、したたかな、あるいはドラマチックな生きざまが、この本のテーマである。

やや内容に即して言えば、「ルート・シュタインフューラー」ではユダヤ人迫害の恐怖が生々しく語られ、「マラシェフスキ」「マリエンボルン」などは東西分裂の悲喜劇を扱っている。「ある愛」「ハリー」「ヘルガ」「ニック・ディ・カミロ」「牧師」「シェーンベルガー」などは、さまざまな実話（一部創作が含まれている）を通して、人間の運命とか歴史の流れを考えさせてくれる。「役所の風景」「アイスクリーム」など、著者自身の両親や家族についての、時代を背景にした率直な回想記は胸を打つものがある。さらに著者は、現代社会が実体ではなく記号優位になっていることや、とくにドイツという国の伝統的な法令制度万能指向を、カリカチュア風の掌篇で皮肉っている。「ナマの世界」「ローゼお内儀さん」「名声」「廃棄物」などである。また人間同士、あるいは人間と自然の間のおおらかな関係が失われて、社会全体が無機化・享楽化していることへのいらだちも随所に見られる。「デュースブルク」は失業による人心の荒廃を訴えている。「純血種の家禽」「屠場の男」「死んだ豚」「愛犬（猫）の眠るところ」「最後の馬丁」など、動物がいろいろな切り口で登場するのもこの本の特徴のひとつだろう。そのほか「ドイツの男たちと海」の幻想奇譚風のトーンは魅力的であるし、観光案内とまではいかないが、たとえば北海の海水浴場、ハイネの町ハルバーシュタット、ドイツの地理上の中心点ニーダードルラ、ゲーテと関係が深いドルンブルクなどの、ちょっとした描写は旅情をそそる。

なお、主人公の名前や地名そのものが章の表題になっていて、テーマが分かりにくい場合には、訳者の判断で適当と思われる副題をつけた。また本書のベースとなっている実話には具体的な人名や地名、事件名がふんだんに引用される。それらはわれわれにはなじみの薄いものも多いので、一部について注をつけた。さらに補注として若干の史実と数字を付記した。それと無名の人たちの物語とはいえ、地理的関係を概略把握しておくことが読者にとって便利と思われたので、簡単な略地図を三葉そえた。

出版については、三修社の藤田真一取締役編集部長ほかの方々、とくに北澤尚子さんには訳出について有益な助言をいただくなど大変お世話になった。記してお礼申し上げたい。

読者の皆さんがドイツの現状を垣間見る手がかりのひとつになれば、訳者として嬉しいことである。

二〇〇六年二月　　　　髙島　浩

著者略歴
アクセル・ハッケ（Axel Hacke）

1956年生まれ。ゲッチンゲンとミュンヘンの大学で政治学を学ぶ。ドイツ・ジャーナリスト学校に通ったのち、81年、南ドイツ新聞社入社。スポーツ（編集）を経て、ルポライターに。コラムでも人気を博した。1990年、「南ドイツ新聞マガジン」の創刊時から執筆メンバー。2000年からフリー、ミュンヘン在住。

『冷蔵庫との対話』『プラリネク』（ともに三修社）、『ちいさなちいさな王様』（講談社）、『クマの名前は日曜日』（岩波書店）などが日本で刊行されているほか、彼の作品は、タイ語や中国語、ヘブライ語を含む十数か国語に訳されている。

訳者略歴
高島　浩（たかしま　ひろし）

1931年生まれ。東京大学経済学部卒。農林中央金庫常務理事を経てマルハ㈱、神奈川工科大学等の役員を歴任。現在同大学評議員、日独協会会員。

1970年～71年、ドイツ・ライファイゼン協会（ドイツ・ボン市）に出向。92年～93年、駒沢大学経済学部講師。93年、『シュルツェの庶民銀行論』（東京都信用金庫協会研究センター訳編／日本経済評論社刊）翻訳。94年、前記翻訳に対し、ドイツ協同組合協会により外国人表彰される。2000年、『組織について考える』（デマンド刊）出版。

ドイツのアルバム

二〇〇六年四月一日　第一刷発行

著　者　アクセル・ハッケ
訳　者　高島　浩
発行者　前田完治
発行所　株式会社　三修社
〒110-0004　東京都台東区下谷一－五－三十四
電話　〇三－三八四二－一七一一（代表）
　　　〇三－三八四二－一六三一（編集）
http://www.sanshusha.co.jp/
振替　00190-9-72758
編集担当　北澤尚子
印刷・製本　株式会社　平文社
カバーデザイン・地図制作・本文組版　南風舎

ISBN4-384-04068-7 C0098